華語文化教材系列

外國人必學 商務華語 上

BUSINESS CHINESE

國立臺中教育大學國際華語文教材教法研究室團隊　編著

序

　　臺灣在世界舞台上的地位愈來愈重要，我們與世界各地的商務貿易日益密切，從事商務活動的外籍人士對於增進華語溝通的需求量大幅增加，師生對於商務華語教科書的需求量也大增。2012年，配合教育部的精緻師資培育計畫，在臺中教育大學楊思偉校長的積極鼓勵之下，我們團隊夥伴們努力不懈地每週聚會、商討，研發了適合中高級商務華語學習者使用的《全球商務華語》，由臺灣知識庫公司於2013年11月公開於APP Store上販售，供教學者與學習者下載。但是，由於當時尚無法人手一機使用iOS系統，普及率並不廣，於是，2018年6月由洪葉文化公司出版了《全球商務華語（一）》紙本教科書，獲得極大的好評。如今，我們研發的第二套教材《外國人必學商務華語》終於問世。

　　我們第一階段的教材《全球商務華語（一）》設計了新加坡派員到臺灣分公司擔任業務經理，有一系列的接風、考察、簽訂合約、商品驗貨與出貨等各類初階的商業交際活動。這次出版的教材，我們設計了來自德國，具有中高級華語溝通能力的實習生，進行參觀工廠、市場考察、產品銷售、廣告行銷、產品發表會、交易談判、顧客滿意度調查、糾紛處理、年終尾牙等進階的商業交際活動。本教材有15課，每一課都有情境會話、生詞、句型語法等主要課文，接著有牛刀小試——包含聽

力理解、詞語填空、情境對話、閱讀測驗、短文寫作等實用的能力測試，另外附有學以致用、文化錦囊的進階學習，是一本能讓學習者增加中高級商務華語詞彙、語法，並提升聽、說、讀、寫能力的優良商務華語教材。

感謝教育部提供專案研究經費的支持、感謝楊思偉校長對本研究的支持與鼓勵、感謝團隊夥伴們的絞盡腦汁與集思廣益、感謝語文教育學系蔡喬育主任努力使我們研發的成果付梓，也要感謝瑞蘭國際有限公司的編輯團隊使本書完美呈現，並順利發行。由於全書編寫過程中，每一課由不同的老師主筆，大家再合作進行討論，難免會有一些疏漏，或有未盡完美的瑕疵，深切期盼學界先進、同好讀者們不吝指正，俾利再版時修訂補漏。

劉瑩謹誌

二〇二二年十二月　於國立臺中教育大學

如何使用本書

　　《外國人必學商務華語》上、下二書共15課，是一本能讓學習者增加中高級商務華語詞彙、語法，並提升聽、說、讀、寫能力的商務華語教材。

STEP 0「掃描音檔 QR Code」
在開始使用這本教材之前，別忘了先找到書封右下角的QR Code，拿出手機掃描，就能立即下載書中所有音檔喔！（請自行使用智慧型手機，下載喜歡的QR Code掃描器，更能有效偵測書中QR Code！）

如何掃描 QR Code 下載音檔

1. 以手機內建的相機或是掃描 QR Code 的 App 掃描封面的 QR Code。
2. 點選「雲端硬碟」的連結之後，進入音檔清單畫面，接著點選畫面右上角的「三個點」。
3. 點選「新增至『已加星號』專區」一欄，星星即會變成黃色或黑色，代表加入成功。
4. 開啟電腦，打開您的「雲端硬碟」網頁，點選左側欄位的「已加星號」。
5. 選擇該音檔資料夾，點滑鼠右鍵，選擇「下載」，即可將音檔存入電腦。

STEP 1「情境會話」

透過閱讀並聆聽擬真、實用的情境會話,學習者將能熟悉商務華語常用的表達方式。課文中適時提供的繁簡字對照、詞彙編號及句型編號,更方便閱讀、查找。

二、生詞

正體字　詞性　漢語拼音　英譯　日譯

① 實習　v. shíxí　to be an intern　実習する
▶▶ 班傑明今年到晶碩公司實習。

② 研發　v. yánfā　to study and to develop　研究開発する
▶▶ 我們公司正在研發新產品。

③ 平板　n. píngbǎn　tablet　タブレット
▶▶ 這是我新買的平板電腦。

④ 流程　n. liúchéng　procedure　工程, 手順
▶▶ 按照生產流程,產品最嚴要經過檢查才能出廠。

⑤ 品管部　n. pǐnguǎnbù　quality control department　品質管理部門
▶▶ 品管部保證我們製造的產品都沒有問題。

⑥ 廠長　n. chǎngzhǎng　factory director　工場長
▶▶ 公司在德國設了新工廠,需要一位懂德語的廠長。

⑦ 設施　n. shèshī　facility　設備

STEP 2「生詞」

從情境會話中挑出重點詞彙,標注詞性、國際通用的漢語拼音、英文解釋、日文解釋,並提供例句。本區塊的詞彙編號皆標注於情境會話中,不僅利於查詢,也可以單獨作為詞彙複習表使用。

三、句型語法

1. 一邊 V1 一邊 V2

說明:這個句型表示兩個同時進行的動作,也可以寫成「邊 V1 邊 V2」。一般來說,V1 是主要的活動,V2 是同時也在進行的動作。

Note: The pattern denotes the simultaneity of two ongoing actions. Generally, V1 indicates the main action for the moment, while V2 denotes an accompanying action.

說明:同時に二つの動作が行われることを表す。「邊V1邊V2」とも用いられる。

例句:

(1) 他們一邊走路一邊聊天。

(2) 研發部的同仁一邊聽他的報告,一邊想如何增加產品的新功能。

造句:

(1) _____

(2) _____

STEP 3「句型語法」

挑選情境會話中的重點句型,以中、英、日文解說其使用方法,並提供例句,且附有「造句」欄,一舉扎下語法根基!

STEP 4「牛刀小試」

每課的牛刀小試，包含「聽力理解」、「詞語填空」、「情境對話」、「閱讀測驗」、「短文寫作」，讓學習者全方位提升「聽」、「說」、「讀」、「寫」能力。

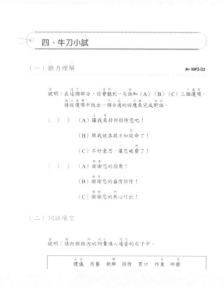

四、牛刀小試

（一）聽力理解　　　　　　　　　　　　MP3-03

說明：在這個部分，你會聽到一句話和（A）（B）（C）三個選項，
　　　請從選項中找出一個合適的回應來完成對話。

1.（　）（A）讓我來好好招待您吧！
　　　　（B）那我就恭敬不如從命了！
　　　　（C）不好意思，讓您破費了！

2.（　）（A）謝謝您的指教！
　　　　（B）謝謝您的盛情招待！
　　　　（C）謝謝您的熱心付出！

（二）詞語填空

說明：請把框內的詞彙填入適當的句子中。

| 禮儀 | 用餐 | 新鮮 | 招待 | 胃口 | 作東 | 研發 |

五、學以致用

遞名片的禮節

　　在華人的職場上，初次見面時常常會有互相交換名片的習慣，通常職位低的人先向職位高的人遞名片，而男性先向女性遞名片。向對方遞名片時，要面帶微笑，注視對方，將名片正對著對方。收受對方名片時，不僅要用雙手接收，也要認真地看一下對方的名片，並說聲：「謝謝！」

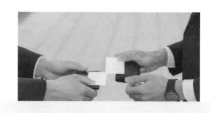

STEP 5「學以致用」

延伸各課主題，將該課內容應用於實際的商務或生活中，讓學習者「立即學、馬上用」。

六、文化錦囊

（一）在華人的餐桌禮儀上，主位會因場形而異，通常會有四種不同的形式：第一式為方桌排法（單一主人）；第二式為方桌排法（男女主人）；第三式為圓桌排法（單一主人）；第四式為圓桌排法（男女主人）。請同學拿起手機，練習上網搜尋這四種形式的排法圖案，並把它們畫下來。

（二）請同學想一想，並跟大家分享一下在自己的國家，餐桌禮儀和華人的有什麼不同？

STEP 6「文化錦囊」

藉由短文，讓學習者開闊商務視野，思考文化異同，提升職場上多元文化教育知能。

詞性表（凡例）

n.	名詞
v.	動詞
phr.	片語
idiom	慣用語
prep.	介詞
adj.	形容詞
adv.	副詞
conj.	連接詞
M. (Measure)	量詞
P. (Particle)	助詞
S.V. (State Verb)	狀態動詞
clause	子句
Subj.	主語

目次

參觀工廠

一、情境會話

情境一　▶▶MP3-01

來自德國科隆大學的學生班傑明，今年到晶碩公司實習❶。晶碩公司正在研發❷新型平板❸電腦，為了讓班傑明熟悉產品的生產流程❹，品管部[1]❺的葉經理帶他前往工廠參觀。

會話一

葉經理：班傑明，這是我們的王廠長❻！

班傑明：王廠長，您好！我是來自德國科隆大學的實習生，我叫班傑明，大家都叫我小班。

王廠長：你好！小班，歡迎你到我們公司來實習。

（接著，王廠長一邊帶著葉經理和班傑明參觀工廠環境，一邊介紹安全設施❼。）

王廠長：葉經理、小班，咱們工廠和倉庫❽都設有保全[2]❾系統，也和這裡的警方密切❿合作，以確保⓫工廠人員和產品的安全。消防⓬安全方面，工廠和倉庫都裝置⓭自動噴水滅火系統⓮、

---

[1] 大陸用語：质管部（zhíguǎnbù）
[2] 大陸用語：保安（bǎoān）

滅火器 ⑮和壁掛式 ⑯消防栓 ⑰，也會定期舉行防火 ⑱演習 ⑲，教導員工消防知識、設備和技術。來！你們看，這是我們的員工餐廳，旁邊是交誼廳 ⑳。另外，我們還有桌球室、羽球場、籃球場和網球場，員工在₃工作之餘₃都可以來這裡運動運動。

班傑明：哇！我很喜歡這裡的環境，能來這裡實習真是幸福！

王廠長：現在快中午了，今天由₄我作東 ㉑，請你們兩位吃午餐！我們就到附近一間很好吃的餐廳用餐 ㉒。

葉經理：王廠長，謝謝您今天百忙之中抽空 ㉓帶我們參觀、介紹。我想待會 ㉔兒就由我來請吧！

王廠長：葉經理，這是應該的，您就別跟我客氣了！

情境二　▶▶ MP3-02

在工廠附近一家中式餐廳裡。

會話二

葉經理：小班，等一會兒，你先別坐下，這是主位 ㉕，是留給主人坐的位置。

班傑明：主人是誰？是這間餐廳的老闆嗎？

葉經理：不是，你誤會了，主人是指請我們吃飯的王廠長，是咱們公司資深㉖的主管㉗，而且他今天請我們吃飯，所以主位應該留給他。

班傑明：謝謝您告訴我華人的餐桌禮儀㉘！那麼，我可以坐在您右邊的位置嗎？

葉經理：可以。

（王廠長坐下後）

王廠長：這間餐廳的海鮮特別新鮮，你們嚐嚐看，希望能合你們的胃口㉙。

葉經理：王廠長，不好意思讓您破費㉚了，真謝謝您啊！

王廠長：葉經理，你今天特地㉛帶小班來實習參訪，我當然要盡地主之誼㉜，好好招待你們兩位！來！我敬㉝你們一杯，乾杯！

葉經理：那我就恭敬不如從命㉞了！乾杯！

班傑明：王廠長、葉經理，因為等一會兒回程㉟，我還要開車載葉經理回家，所以我就以茶代酒敬您二位了。

二、生詞

正體字 詞性 漢語拼音 英譯 日譯

❶ 實習 v. shíxí to be an intern 実習する

例句 ▶▶ 班傑明今年到晶碩公司實習。

❷ 研發 v. yánfā to study and to develop 研究開発する

例句 ▶▶ 我們公司正在研發新產品。

❸ 平板 n. píngbǎn tablet タブレット

例句 ▶▶ 這是我新買的平板電腦。

❹ 流程 n. liúchéng procedure 工程、手順

例句 ▶▶ 按照生產流程，產品最後要經過檢查才能出廠。

❺ 品管部 n. pǐnguǎnbù quality control department 品質管理部門

例句 ▶▶ 品管部保證我們製造的產品都沒有問題。

❻ 廠長 n. chǎngzhǎng factory director 工場長

例句 ▶▶ 公司在德國設了新工廠，需要一位懂德語的廠長。

❼ 設施 n. shèshī facility 設備

例句 ▶▶ 飯店裡有健身房、游泳池等設施可以使用。

⑧ 倉庫 **n.** **cāngkù** warehouse; storehouse 倉庫

例句 ▶▶ 公司的倉庫昨天發生火災，裡面的貨物全都燒光了。

⑨ 保全 **n.** **bǎoquán** security セキュリティ

例句 ▶▶ 保全系統可以保障公司的安全。

⑩ 密切 **adv.** **mìqiè** closely 密接に

例句 ▶▶ 公司與大學密切合作，提供學生實習和就業機會。

⑪ 確保 **v.** **quèbǎo** to assure 確認する

例句 ▶▶ 離開公司前，請確保門窗都鎖緊了。

⑫ 消防 **n.** **xiāofáng** fire fighting 消防

例句 ▶▶ 消防系統會在火災時發揮作用。

⑬ 裝置 **v.** **zhuāngzhì** to install 取り付ける

例句 ▶▶ 每棟樓都有裝置滅火系統。

⑭ 自動噴水滅火系統 **n.** **zìdòng pēnshuǐ mièhuǒ xìtǒng**

automatic sprinkler system 自動消火システム、スプリンクラー

例句 ▶▶ 自動噴水滅火系統在失火時會自動噴水。

⑮ 滅火器 **n.** **mièhuǒqì** fire extinguisher 消火器

例句 ▶▶ 經過檢查，學校竟然有超過一半的滅火器都過期了。

⑯ 壁掛式　**n.** **bìguàshì**　wall-mounted　壁掛け式

例句 ▶ 壁掛式電風扇是我們公司在夏天的熱門產品。

⑰ 消防栓　**n.** **xiāofángshuān**　fire hydrant　消火栓

例句 ▶ 學校的防火演習教我們怎麼正確使用**消防栓**。

⑱ 防火　**adj.** **fánghuǒ**　fireproof　（火災に関する）防災

例句 ▶ 老師播放**防火**常識影片，提醒學生注意安全。

⑲ 演習　**n.** **yǎnxí**　drill　訓練

例句 ▶ 災難隨時都可能發生，防災**演習**能幫助我們做好準備。

⑳ 交誼廳　**n.** **jiāoyìtīng**　lounge　交流ホール、ラウンジ

例句 ▶ **交誼廳**是員工們聊天放鬆的地方。

㉑ 作東　**v.** **zuòdōng**　to host sb　ホストを務める、招待する

例句 ▶ 今天的午餐我**作東**，你們盡量吃。

㉒ 用餐　**v.** **yòngcān**　to dine　食事をする

例句 ▶ 今天是母親節，我們打算在市區最有名的海鮮餐廳**用餐**。

㉓ 抽空　**v.** **chōukòng**　to find time to do sth　ひまをつくる

例句 ▶ 謝謝你**抽空**陪我吃飯。

㉔ 待會　**adv.** **dāihuǐ**　later　しばらく後に

例句 ▶ 主任**待會**要去跟經理開會，現在正忙著準備資料。

㉕ **主位 n. zhǔwèi** head seat ホストの座席

例句 ▶▶ 主位是要留給主人坐的。
　　　　　　　　给

㉖ **資深 adj. zīshēn** senior; experienced ベテラン
　　资深

例句 ▶▶ 他是我們公司最資深的員工。
　　　　　　们　　资　　员

㉗ **主管 n. zhǔguǎn** superintendent 責任者、監督者

例句 ▶▶ 我們的主管對員工很好。
　　　　　们　　　　对　员

㉘ **禮儀 n. lǐyí** etiquette マナー
　　礼仪

例句 ▶▶ 良好的餐桌禮儀不管在哪個國家都是很重要的。
　　　　　　　　　礼仪　　　　个　国

㉙ **合……胃口 v. phr. hé…wèikǒu** to suit one's taste 口に合う

例句 ▶▶ 希望今天的餐點合你們的胃口。
　　　　　望　　　　点　　们

㉚ **破費 v. pòfèi** to spend money; used to express one's feeling of
　　破费
appreciation to your host 散財させる、散財をかける

例句 ▶▶ 今天的餐點有點貴，抱歉讓你破費了。
　　　　　　　　点　点贵　　　让　　破费

㉛ **特地 adv. tèdì** specially; for a special purpose; to go out of one's
way to do sth わざわざ、特に

例句 ▶▶ 謝謝你特地從國外回來臺灣參加我的婚禮。
　　　谢谢　　　从　国　来台湾参　　　礼

㉜ **盡地主之誼 idiom jìn dìzhǔzhīyì** to play a hospitable host ホス
　　尽　　谊
トを務める

例句 ▶▶ 你們來找我，我當然要盡地主之誼，帶你們熟悉這個地方。
　　　们来　　　　当　　尽　　谊　带们　　　这个

㉝ 敬　**v. jìng**　to make a toast to...　乾杯する

例句 ▶▶ 難得大家聚在一起，我們**敬**彼此一杯。

㉞ 恭敬不如從命　**idiom gōngjìng bùrú cóngmìng**　Obedience is better than politeness; be better to accept deferentially than to decline courteously on accepting gifts, request, etc. 　（贈り物を受け取るときや年長者からの好意・意見などに対し）丁重に断るよりも、相手の意向に従うことがより丁寧となる場合に使われる慣用表現。「おっしゃる通りにします」

例句 ▶▶ 謝謝經理對我的肯定，那我就**恭敬不如從命**，接受您的安排了。

㉟ 回程　**v. huíchéng**　to go on a return trip　復路する

例句 ▶▶ 弟弟出門剪頭髮，**回程**時下起了大雨，只好淋雨跑回家。

三、句型語法

1. 一邊 V1 一邊 V2

　　說明：這個句型表示兩個同時進行的動作，也可以寫成「邊 V1 邊 V2」。一般來說，V1 是主要的活動，V2 是同時也在進行的動作。

Note: The pattern denotes the simultaneity of two ongoing actions. Generally, V1 indicates the main action for the moment, while V2 denotes an accompanying action.

　　說明：同時に二つの動作が行われることを表す。「邊V1邊V2」とも用いられる。

例句：

（1）他們一邊走路一邊聊天。

（2）研發部的同仁一邊聽他的報告，一邊想如何增加產品的新功能。

造句：

（1）＿＿＿＿＿＿＿＿＿＿＿＿＿＿＿＿＿＿＿＿＿＿＿＿＿＿。

（2）＿＿＿＿＿＿＿＿＿＿＿＿＿＿＿＿＿＿＿＿＿＿＿＿＿＿。

2. V. 著(着)

說明:「V. 著(着)」表示動作狀態的持續(续),用法類(类)似英語(语)的「-ing」。

Note: The verbal suffix 著 indicates an ongoing state. It is similar to the use of '-ing' in English.

說明:動作がただちに発生もしくは停止することなく、一定の時間が持続していることを表す。英語の「-ing」/日本語の「-ている」に似た用法である。

例句:

(1) 麻煩幫(烦帮)我看著(着)行李,我去前面看一下。

(2) 十一購物節(购节)到了,公司忙著(着)處理訂單(处订单)。

造句:

(1) ＿＿＿＿＿＿＿＿＿＿＿＿＿＿＿＿＿＿＿＿＿＿＿。

(2) ＿＿＿＿＿＿＿＿＿＿＿＿＿＿＿＿＿＿＿＿＿＿＿。

3. 在 V. 之餘，S. + V.

說明：「在 V. 之餘，S. + V.」這個句型表示在某個動作以外的時間，也能做另一件事情或動作。

Note: The pattern means in one's spare time, the person can do a different activity other than his routine work.

說明：「在V.之餘，S. + V.」は二つの事柄において対比的に述べることに用いられる。前のV.が後のS. + V.よりも重要であるが、後者も取り上げる価値があることを表す。

例句：

（1）在讀書之餘，他也會抽出時間到醫院當志工。

（2）這間公司有健身房，所以員工在工作之餘，都可以去那裡運動，放鬆一下。

造句：

（1）＿＿＿＿＿＿＿＿＿＿＿＿＿＿＿＿＿＿＿＿＿＿＿。

（2）＿＿＿＿＿＿＿＿＿＿＿＿＿＿＿＿＿＿＿＿＿＿＿。

4. **由 sb. + V.**

說明：「由」後面的名詞是接下來動作的行動者或發起者。

Note: The noun following '由' is the doer or initiator of the following action.

説明：「由」の後の名詞は、その次の動作を行う者を指す。

例句：

（1）這次的展演是由他規劃的。

（2）這幾天就由我來照顧住院的媽媽。

造句：

（1）_____。

（2）_____。

四、牛刀小試

（一）聽力理解
聽 解

▶▶ MP3-03

說明：在這個部分，你會聽到一句話和（A）（B）（C）三個選項，
說 这个 会听 话 个选项

請從選項中找出一個合適的回應來完成對話。
请从选项 个适应来 对话

1. （　）　（A）讓我來好好招待您吧！
让 来

　　　　　（B）那我就恭敬不如從命了！
从

　　　　　（C）不好意思，讓您破費了！
让 费

2. （　）　（A）謝謝您的指教！
谢谢

　　　　　（B）謝謝您的盛情招待！
谢谢

　　　　　（C）謝謝您的熱心付出！
谢谢 热

（二）詞語填空
词语

說明：請把框框內的詞彙填入適當的句子中。
说 请 内 词汇 适当

礼仪		鲜			东	发
禮儀	用餐	新鮮	招待	胃口	作東	研發

1. 謝謝你＿＿＿＿＿＿＿這麼豐盛可口的一餐。
謝謝 这么丰

2. 和你吃飯真愉快，希望下次還有機會和你一塊＿＿＿＿＿＿＿。
饭 望 还 机会 块

3. 由於文化的不同，所以餐桌<u>　　　　　　　</u>在各國都有很大的不

　　同。

4. 這間餐廳的海鮮特別新鮮，你們嚐嚐看，希望合你們的

　　<u>　　　　　　　</u>。

（三）情境對話

．．．

說明：在這個部分，請根據對話內容，分別從以下四個選項中選擇
　　　最合適的回應來完成對話。

ㄅ. 謝謝您的盛情招待！

ㄆ. 不客氣，咱們就座吧！

ㄇ. 沒問題！肯定合我的胃口。

ㄈ. 那我就恭敬不如從命了！乾杯！

---

1. A：來！我敬你們一杯，乾杯！

　　B：<u>　　　　　　　　　　　　　　　　　　　　　</u>。

2. A：謝謝您告訴我華人的餐桌禮儀！

　　B：<u>　　　　　　　　　　　　　　　　　　　　　</u>。

3. A：這間餐廳的海鮮特別新鮮，你們嚐嚐看！

　　B：<u>　　　　　　　　　　　　　　　　　　　　　</u>。

4. A：今天由我作東，請你們兩位吃午餐！我們就到附近一間很好
吃的餐廳用餐。

B：_____。

（四）閱讀測驗

說明：請閱讀以下短文，並回答問題。

　　今天是班傑明來臺灣實習滿三個月的日子，品管部的葉經理帶
他到附近的餐廳用餐，詢問班傑明是否都適應了臺灣的生活。在點
餐時，班傑明表示自己對菜單上的菜名還是有些不懂，也對海鮮過
敏，所以請葉經理幫忙點餐，班傑明也藉由這次的用餐更瞭解臺灣
菜的涵義和華人的餐桌禮儀。

1. （　） 今天是班傑明來臺灣多久的日子？

（A）三星期

（B）三個月

（C）三年半

2. （　） 班傑明對哪種食物過敏？

（A）牛肉

（B）花粉

（C）海鮮

3. （ ） 經過這次用餐，班傑明學到了什麼？

    （A）殺價

    （B）看醫生

    （C）餐桌禮儀

（五）短文寫作

說明：請依以下提示，寫一篇約 150 字的短文。

請寫下一篇你在臺灣曾經參觀過的公司或工廠的心得，並說說和你的國家有什麼不同？

題目：

作文：

遞名片的禮節

　　在華人的職場上，初次見面時常常會有互相交換名片的習慣，通常職位低的人先向職位高的人遞名片，而男性先向女性遞名片。向對方遞名片時，要面帶微笑，注視對方，將名片正對著對方。收受對方名片時，不僅要用雙手接收，也要認真地看一下對方的名片，並說聲：「謝謝！」

六、文化錦囊

（一）在華人的餐桌禮儀上，主位會因桌形而異，通常會有四種不同
的形式：第一式為方桌排法（單一主人）；第二式為方桌排法
（男女主人）；第三式為圓桌排法（單一主人）；第四式為圓
桌排法（男女主人）。請同學拿起手機，練習上網搜尋這四種
形式的排法圖案，並把它們畫下來。

（二）請同學想一想，並跟大家分享一下在自己的國家，餐桌禮儀和
華人的有什麼不同？

四、牛刀小試^試

（一）聽力理解^{听力 解}

1. 來！我敬你們一杯，乾杯！

2. 現在快中午了，今天由我作東，請你們兩位吃午餐！我們就到附近一間很好吃的餐廳用餐。

參考答案：1.（B）　2.（B）

（二）詞語填空^{词 语}

參考答案：1. 招待　2. 用餐　3. 禮儀^{礼 仪}　4. 胃口

（三）情境對話^{对 话}

1. ㄈ. 那我就恭敬不如從命了！乾杯！

2. ㄨ. 不客氣，咱們就座吧！

3. ㄇ. 沒問題！肯定合我的胃口。

4. ㄅ. 謝謝您的盛情招待！

（四）閱讀測驗^{阅 读 测 验}

參考答案：1.（B）　2.（C）　3.（C）

Lesson 2

場 调
市場調查

外國人必學商務華語（上）
30

一、情境會話

情境一

▶▶ MP3-04

今天，班傑明和市場部❶的吳經理一起去考察❷市場，他們到了科技星廣場❸。

會話一

吳經理：小班，你逛過科技星廣場嗎？

班傑明：沒有。

吳經理：在臺灣的實體通路❹中，科技星廣場擁有最多元❺的3C產品和顧客族群❻。所以，要知道市場需求的話，來這裡就對了₂。

班傑明：那我們要從哪一層樓開始調查呢？

吳經理：去二樓好了，那裡有電腦專賣區❼。

（到了二樓）

班傑明：臺灣的電腦業真是發達❽。

吳經理：這裡的電腦種類琳瑯滿目❾，有桌上型、筆電、小筆電、平板筆電等。你看，像艾美科技推出❿的最新型平板筆電，看起來還不錯。

班傑明：小姐，我想看看艾美的平板4S。

店員：先生，您真有眼光⑪。這臺是目前詢問⑫度⑬最高的平板，它的外型輕薄⑭，電池蓄電量⑮持久⑯，十核心，開機⑰迅速。

吳經理：你還推薦⑱其他的嗎？

店員：嗯！目前最受女性青睞⑲的是玫瑰金ROSE GOLD，它的顏色亮麗⑳、鮮艷㉑，還有十種糖果色可供選擇，厚度㉒只有一公分，多點㉓觸控[1]㉔，送禮自用兩相宜㉕。

班傑明：可是這種機型的硬體[2]容量小，無法儲存大量的檔案。

店員：先生，那這臺您覺得呢？這型是香吉士的GALA GALA，價格親民㉖，內建㉗配備㉘齊全㉙，容量大，操作簡易，是最暢銷㉚的款式。

吳經理：謝謝你，我考慮考慮！

（班傑明和吳經理邊走邊聊。）

班傑明：我認為三款電腦各有優缺點，但都值得作為研發新產品的參考。

吳經理：你說的很有道理，可是我們得回公司再詳細討論，才能將[3]研發的構想㉛具體化㉜！

在會議上，班傑明和吳經理向各部門主管說明考察結果。

會話二

吳經理：各位手上的資料，是我們這次考察的結果，經過分析後，我們歸納出幾個現象㉝，現在由班傑明為大家報告。

班傑明：各位同仁㉞，經調查後發現，目前三款熱銷商品㉟各有不同特色。首先，艾美的4S功能性強，但定價㊱偏㊲高；玫瑰金的ROSE GOLD外型亮麗、吸睛㊳，缺點是容量小、不實用；香吉士的GALA GALA容量大，功能符合大眾需求，但較厚重㊴。因此，我們建議新產品應包含下列優勢：輕薄、多功能、大容量、處理速度快、外型設計新潮㊵。大家意見如何？

行銷[3]部㊶陳經理：如果新產品具備㊷你說的那些優勢，那是否意謂著價格會提高？

班傑明：陳經理，謝謝你的提問。我認為價格的確可能會提高，但是我們預估㊸購買意願也會相對增強。至於₄如何壓低價格，我們應該進一步討論。

余總經理：那就先請研發小組按照₅這些建議，評估㊹新產品的可行性㊺。

---

[3]　大陸用語：营销

二、生詞

正體字　詞性　漢語拼音　英譯　日譯

❶ 市場部　**n. shìchǎngbù**　market division　マーケット部門、販売部門

例句 ▶▶ 明天小美要和**市場部**的吳總經理一起去做市場調查。

❷ 考察　**v. kǎochá**　to inspect; **n.**　inspection　視察する

例句 ▶▶ 老闆明天將到國外的分公司**考察**業務。

❸ 廣場　**n. guǎngchǎng**　square　広場

例句 ▶▶ 我們約在**廣場**的東側集合，別遲到囉！

❹ 實體通路　**n. shítǐtōnglù**　physical access　（オンラインではない）

実店舗や対面での販売、リアルショッピング

例句 ▶▶ 這項產品沒有在網路[4]販售，只有**實體通路**。

❺ 多元　**adj. duōyuán**　various　多様

例句 ▶▶ 這家商店販賣的產品非常**多元**，很多東西都能在這裡買到。

❻ 族群　**n. zúqún**　group　グループ

例句 ▶▶ 公司今年新出的外套顏色鮮豔，很受年輕**族群**喜歡。

❼ 專賣區　**n. zhuānmàiqū**　specialty section　専門エリア、（デパート

やショッピングモールなどの）専門店街

例句 ▶▶ 三樓是餅乾糖果等零食的**專賣區**，可以找到各國的零食。

4　大陸用語：网络

⑧ 發達　**adj.**　**fādá**　developed　成功した、成功する

例句▶▶ 經過好幾年的努力奮鬥，他終於發達起來了。

⑨ 琳瑯滿目　**idiom**　**línlángmǎnmù**　It is used to describe a wide range of things.　数々の素晴らしいものが多様にある

例句▶▶ 這家文具店的貨色琳瑯滿目，可以逛很久。

⑩ 推出　**v.**　**tuīchū**　to launch　（新たな物事を）出す

例句▶▶ 百貨公司推出周年慶的活動，吸引許多人前來購買。

⑪ 眼光　**n.**　**yǎnguān**　having an eye for sth　眼識

例句▶▶ 她很有眼光，投資的事業每一個都很賺錢。

⑫ 詢問　**v.**　**xúnwèn**　to inquire　問い合わせる

例句▶▶ 民眾若需索取導覽圖，請向服務檯詢問。

⑬ 詢問度　**n.**　**xúnwèndù**　frequency of inquiry　問い合わせの頻度

例句▶▶ 這款包包的詢問度非常高，您手上這是最後一個了。

⑭ 輕薄　**adj.**　**qīngbó**　light and thin　軽くて薄い

例句▶▶ 這臺新型的手機輕薄短小，攜帶方便。

⑮ 蓄電量　**n.**　**xùdiànliàng**　power storage　バッテリー容量

例句▶▶ 新型的筆記型電腦[5]蓄電量都很大，不須加買電池。

---

[5]　大陸用語：笔记本电脑

⑯ 持久　**adj.**　**chíjiǔ**　long-lasting　長持ち、持ちがよい

例句 ▶▶ 這個牌子的電池特色在於電力非常**持久**。

⑰ 開機　**v.**　**kāijī**　to boot (computer)　（コンピューターなどを）起ち上げる、起ち上がる、起動する

例句 ▶▶ 我的手機太老了，光是**開機**就要十分鐘。

⑱ 推薦　**v.**　**tuījiàn**　to recommend　薦める、推薦する

例句 ▶▶ 如果你不知道要買哪種保養品，我可以**推薦**你我常用的幾款。

⑲ 青睞　**v.**　**qīnglài**　to gain favor　好感がある、好意を寄せる

例句 ▶▶ 她因為工作能力強，人緣又好，很受同事及上司**青睞**。

⑳ 亮麗　**adj.**　**liànglì**　glittering　明るくてきれい

例句 ▶▶ 只要使用這款洗衣精，就能保持衣服的淨白**亮麗**。

㉑ 鮮豔　**adj.**　**xiānyàn**　bright　あでやか

例句 ▶▶ 她明天打算穿顏色很**鮮豔**的禮服參加化裝舞會。

㉒ 厚度　**n.**　**hòudù**　thickness　厚み

例句 ▶▶ 這家炸雞排的特色在它的**厚度**比 50 塊硬幣還厚。

㉓ 多點觸控　**n.**　**duōdiǎn chùkòng**　multi-touching　マルチタッチ

例句 ▶▶ 這款手機不支援**多點觸控**，容量也不大，所以賣得不好。

㉔ 觸控　**n.**　**chùkòng**　touching (screen)　タッチパネル

例句 ▶▶ 隨著**觸控**手機越來越普遍，傳統手機已漸漸被淘汰。

㉕ 送禮自用兩相宜 idiom sònglǐ zìyòng liǎngxiāngyí good for both as a present and for personal use 贈り物にも自分用にも

例句 ►► 你覺得什麼是送禮自用兩相宜的最佳禮品？

㉖ 親民 adj. qīnmíng affordable 親しみやすい

例句 ►► 這間高級餐廳的價格親民，餐點又美味，所以很難訂位。

㉗ 內建 v. nèijiàn to build in 内蔵する

例句 ►► 隨著科技進步，手機也內建上網、照相、看影片的功能了。

㉘ 配備 n. pèibèi equipment 装備

例句 ►► 帶著全新的配備，他相信這次能夠順利登上山頂。

㉙ 齊全 adj. qíquán complete すべて揃っている

例句 ►► 這間店的花卉品種非常齊全，你絕對可以找到你想要的花。

㉚ 暢銷 adj. chàngxiāo best-selling 売れ行きがよい

例句 ►► 這款電腦是暢銷品，各大商店都已缺貨。

㉛ 構想 n. gòuxiǎng conception 構想

例句 ►► 他所提出的構想很好，只是還有很多細節需要討論。

㉜ 具體化 v. jùtǐhuà to become concrete 具体化する

例句 ►► 那名畫家將各種神話故事具體化，吸引了許多人關注。

㉝ 現象 n. xiànxiàng phenomenon 現象

例句 ►► 社會繁榮是工商業發達的現象。

㉞ 同仁　**n. tóngrén**　colleague　同僚

例句 ▶▶ 開會時，總經理說為了感謝各位**同仁**的付出，下個月開始會提高所有人的薪水。

㉟ **熱銷商品**　**n. rèxiāo shāngpǐn**　best-seller　人気商品

例句 ▶▶ 今天的**熱銷商品**是草莓蛋糕，歡迎試吃喔！

㊱ 定價　**n. dìngjià**　original pricing　定価

例句 ▶▶ 這套餐具現在照**定價**打八折，辦我們店的會員再打八折。

㊲ 偏　**adv. piān**　slightly　わずかに、少し

例句 ▶▶ 這道料理**偏**鹹，需要一點酸味來平衡。

㊳ 吸睛　**adj. xījīng**　eye-catching　人目を惹く、目立つ

例句 ▶▶ 他今天的穿著非常**吸睛**，是派對上的焦點。

㊴ 厚重　**adj. hòuzhòng**　heavy and thick　分厚い

例句 ▶▶ 明天的溫度是今年最低溫，記得換上**厚重**保暖的衣服。

㊵ 新潮　**adj. xīncháo**　trendy　トレンド

例句 ▶▶ 他的穿著一向都很**新潮**。

㊶ **行銷部**　**n. xíngxiāobù**　marketing division　マーケティング部

例句 ▶▶ 聽說那間公司**行銷部**的經理待人嚴格又難相處，新員工都做不到半年就被嚇跑了。

㊷ 具備 　v.　jùbèi 　to possess 　備える

例句 ▶▶ 這座城市有山水環繞，具備發展自然旅遊的資源。

㊸ 預估 　v.　yùgū 　to predict 　予測する

例句 ▶▶ 我預估她再十分鐘會抵達會場。

㊹ 評估 　v.　pínggū 　to estimate; to evaluate 　評価する

例句 ▶▶ 經過醫生評估，使用這款藥的效果比較好。

㊺ 可行性 　n.　kěxíngxìng 　feasibility 　実行可能性

例句 ▶▶ 這個產品的成本太高了，沒有發行的可行性。

三、句型語法

1. **要 + V. phr. + 的話**，clause。

說明：對一個需求，提出假設性的看法。用於「如果你想怎麼樣，要怎麼做」。

Note: This pattern is 'If you want to …, then…' in English. It is used for making a hypothetic statement.

説明：ある目的に対して仮の見方を示す。「もしあなたがそうしたいなら、そうする必要がある」。

例句：

（1）要知道市場需求的話，來這裡就對了。

（2）這個月要達成業績（sales performance）的話，我們必須提出相對的策略。

造句：

（1）＿＿＿＿＿＿＿＿＿＿＿＿＿＿＿＿＿＿＿＿＿。

（2）＿＿＿＿＿＿＿＿＿＿＿＿＿＿＿＿＿＿＿＿＿。

2. 想要 + V. phr. + 就對了。
　　　　　　　　　　　　対

　　説明：相當於英語的「It is right to V. phr.」。用於給別人建議的時候。
　　　説　　当于　语　　　　　　　　　　　　　　　　　　于　　議　时

　Note: This pattern is used when giving suggestion. It means that it is right to
　　　　do something.

　説明：誰かに助言をする際に用いられる。「（それは）正しい」、
　　　　「（それは）間違いない」。

　例句：

　（1）想要學中文，來臺灣就對了。
　　　　　　　学　　　来台湾　対

　（2）想要吃便宜又大碗的餐，去那家店就對了。
　　　　　　　　　　　　　　　　　　　対

　造句：

　（1）_____。

　（2）_____。

3. Subj. + 將 + Obj. + V. phr.

說明：「將」這個句型是「『把』字句」的書面語用法，標記方式與「『把』字句」相同，通常用於正式的情境中，例如新聞、報告、演講。

Note: 將 means 'to dispose of something' as in 把 construction. It is a written form for 把, and it precedes an object in the same way as 把 construction. It is generally used in formal contexts, such as news, report and speech.

說明：「將」は「把」と同じ用法だが、「將」はフォーマルな場面や文脈で用いられる。

例句：

（1）鴻海將夏普百分之六十六的股權買下。

（2）公司將業績沒有達標的員工解僱了。

造句：

（1）＿＿＿＿＿＿＿＿＿＿＿＿＿＿＿＿＿＿＿＿＿＿＿＿＿＿。

（2）＿＿＿＿＿＿＿＿＿＿＿＿＿＿＿＿＿＿＿＿＿＿＿＿＿＿。

4. Clause1，至於 + clause / N. / V.，clause2。

說明：「至於」即英語的「with regards to; as to」，用於引進與前面子句相關的另一個話題。

Note: 至於 means 'with regards to; as to' in English. It is used to bring in another topic that is related to the preceding clause.

說明：「至於」は、「～については」、「～に至っては」の意味にあたり、陳述、討論や評論の後で用いられる。

例句：

（1）我喜歡看書，至於什麼樣的書，沒有限制。

（2）我已經盡力了，至於結果如何，就看老天爺了。

造句：

（1）＿＿＿＿＿＿＿＿＿＿＿＿＿＿＿＿＿＿＿＿＿＿＿＿＿。

（2）＿＿＿＿＿＿＿＿＿＿＿＿＿＿＿＿＿＿＿＿＿＿＿＿＿。

5. 按照 + N. ，V. phr.

說明：以某事物為根據來做某事。同義詞：依照、照。

Note: This pattern '按照 + N.' means 'according to N., …' It signifies doing something in a certain way that complies with a specific plan, system or set of rules. Its synonyms are 依照 and 照.

説明：ある方法に従ってあることを行う。「〜によって」。同義語：依照、照。

例句：

（1）我想研發小組可以按照這些建議，評估新產品的可行性。

（2）任何一項重要的交易，雙方在簽約時都得按照國際慣例，以保障彼此的權利。

造句：

（1）＿＿＿＿＿＿＿＿＿＿＿＿＿＿＿＿＿＿＿＿＿＿＿＿＿＿＿＿＿＿。

（2）＿＿＿＿＿＿＿＿＿＿＿＿＿＿＿＿＿＿＿＿＿＿＿＿＿＿＿＿＿＿。

四、牛刀小試

<ruby>試<rt>試</rt></ruby>

（一）聽力理解

<ruby>聽力理解<rt>听   解</rt></ruby>

▶▶▶ MP3-06

說明：在這個部分，你會聽到一句話和（A）（B）（C）三個選項，
請從選項中找出一個合適的回應來完成對話。

1. （　）　（A）謝謝您，我想再思想思想！

　　　　　（B）謝謝您，我想再考察考察！

　　　　　（C）謝謝您，我想再考慮考慮！

2. （　）　（A）所以，要知道市場需求的話，來那裡就對了。

　　　　　（B）所以，要知道市場需求的話，來這裡就對了。

　　　　　（C）所以，要知道市場需求的話，來哪裡就對了。

（二）詞語填空

說明：請把框框內的詞彙填入適當的句子中。

可行性　推薦　發達　現象

1. 你還_____其他的嗎？

2. 臺灣的電腦業真是_____。

3. 經過分析後，我們歸納出幾個＿＿＿＿＿＿＿＿。

4. 那就先請研發小組依照這些建議，評估新產品的＿＿＿＿＿＿＿＿。

（三）情境對話

說明：在這個部分，請根據對話內容，分別從以下三個選項中選擇
最合適的回應來完成對話。

ㄅ. 所以，要知道市場需求的話，來這裡就對了。

ㄆ. 你說的很有道理，我們回公司再詳細討論吧！

ㄇ. 謝謝你的提問。我認為價格的確可能會提高，但是我們預估，
購買意願也會相對地增強。

---

1. A：在臺灣的實體通路中，科技星廣場擁有最多元的 3C 產品和
顧客族群。

   B：＿＿＿＿＿＿＿＿＿＿＿＿＿＿＿＿＿＿。

2. A：我認為三款電腦各有優缺點，但都值得作為研發新產品的參
考。

   B：＿＿＿＿＿＿＿＿＿＿＿＿＿＿＿＿＿＿。

3. A：如果新產品具備你說的那些優勢，那是否意謂著價格會提
高？

   B：＿＿＿＿＿＿＿＿＿＿＿＿＿＿＿＿＿＿。

（四）閱讀測驗

說明：請閱讀以下短文，並回答問題。

　　會議上，班傑明向各部門主管說明考察結果，並針對目前流行趨勢作為開發公司商品的主要概念來源。班傑明發現臺灣目前掀起一股黃色小鴨的風潮，所以想在這一期的商品中融入黃色小鴨的設計概念，並且搭配網路臉書專頁達到宣傳目的。最後經理決定採用班傑明的意見，並請研發小組依照這些建議，評估新產品的可行性。

1. （　）　臺灣掀起一股什麼風潮？

　　（A）藍色蜘蛛

　　（B）紅色小雞

　　（C）黃色小鴨

2. （　）　公司決定採用什麼方式來做宣傳？

　　（A）電視

　　（B）臉書專頁

　　（C）發送贈品

3. （　）　最後經理有沒有採用班傑明的意見？

（A）有

（B）沒有

（C）課文中沒有提到

（五）短文寫作

．．．

說明：請依以下提示，寫一篇約 150 字的短文。

請描述一下你在臺灣曾經參觀過的 3C 廣場，並說說和你的國家有什麼異同。

題目：

作文：

五、學以致用

以下是市場調查須注意的事項，請你按照課文內容依序排列。

1. 顧客需求

2. 比較分析

3. 觀察環境

4. 結論

5. 統整

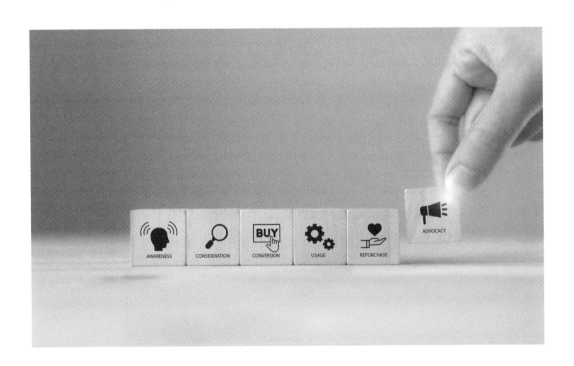

六、文化錦囊

　　臉書對臺灣的影響已經超乎我們的想像，人們透過臉書分享自己的心情，透過臉書打卡的功能分享自己旅遊的地點。近年來，越來越多的商家透過臉書的專頁推銷、分享自己店家的產品和經營特色。由此可知，臉書已經在無形中影響我們的生活了。

名詞解釋

打卡：告訴大家你去的地方

專頁：社群網站（像是臉書）上一個專門目的的頁面

無形：看不見的，沒有感覺到的

四、牛刀小^試試

（一）聽^听力理^解解

1. 先生，那您覺^觉得這^这型呢？這^这型是香吉士的 GALA GALA，價^价格親^亲民，內^内建配備^备齊^齐全，容量大，操作簡^简易，是最暢銷^{畅销}的款式。

2. 在臺灣^{台湾}的實體^{实体}通路中，科技星廣場擁^{广场拥}有最多元的 3C 產^产品及顧^顾客族群。

參^参考答案：1.（C）　2.（B）

（二）詞語^{词语}填空

參^参考答案：1. 推薦^荐　2. 發達^{发达}　3. 現^现象　4. 可行性

（三）情境對話^{对话}

1. ㄅ. 所以，要知道市場^场需求的話^话，來這裡^{来这里}就對^对了。

2. ㄆ. 你說^说的很有道理，我們^们回公司再詳細討論^{详细讨论}吧！

3. ㄇ. 謝謝^{谢谢}你的提問^问。我認為^{认为}價^价格的確^确可能會^会提高，但是我們^们預^预估，購買^{购买}意願^愿也會對^{会对}地增強^强。

（四）閱讀測驗^{阅读测验}

參^参考答案：1.（C）　2.（B）　3.（A）

五、學^学以致用

參^参考答案：3 → 1 → 2 → 5 → 4

產品銷售

产 销

一、情境<ruby>會話<rt>会 话</rt></ruby>

情境一　▶▶ MP3-07

　　晶<ruby>碩<rt>硕</rt></ruby>公司的新<ruby>產<rt>产</rt></ruby>品<ruby>即將<rt>将</rt></ruby>❶上市，<ruby>班傑<rt>杰</rt></ruby>明、市<ruby>場<rt>场</rt></ruby>部的<ruby>吳經<rt>吴 经</rt></ruby>理<ruby>與<rt>与</rt></ruby>行<ruby>銷<rt>销</rt></ruby>部的全<ruby>體<rt>体</rt></ruby>同仁在<ruby>會議<rt>会 议</rt></ruby>室，一起<ruby>討論<rt>讨论</rt></ruby>新<ruby>產<rt>产</rt></ruby>品的市<ruby>場<rt>场</rt></ruby><ruby>定位<rt></rt></ruby>❷和<ruby>銷<rt>销</rt></ruby>售❸<ruby>管道<rt></rt></ruby>❹。

會話一^{会 话}

<ruby>吳經<rt>吴 经</rt></ruby>理：各位同仁，我<ruby>們<rt>们</rt></ruby>的新<ruby>產<rt>产</rt></ruby>品NT2023<ruby>即將<rt>将</rt></ruby>上市。大家可以<ruby>檢視<rt>检 视</rt></ruby>❺手<ruby>邊<rt>边</rt></ruby>市<ruby>場<rt>场</rt></ruby>部提供的考察<ruby>資<rt>资</rt></ruby>料及新<ruby>產<rt>产</rt></ruby>品的五大<ruby>優勢<rt>优 势</rt></ruby>❻，<ruby>現<rt>现</rt></ruby>在<ruby>請<rt>请</rt></ruby><ruby>班傑<rt>杰</rt></ruby>明<ruby>為<rt>为</rt></ruby>大家<ruby>說<rt>说</rt></ruby>明市<ruby>場<rt>场</rt></ruby>部<ruby>評<rt>评</rt></ruby>估的<ruby>結<rt>结</rt></ruby>果。

<ruby>班傑<rt>杰</rt></ruby>明：每<ruby>個<rt>个</rt></ruby>族群都有一定的消<ruby>費<rt>费</rt></ruby>市<ruby>場<rt>场</rt></ruby>，但根<ruby>據<rt>据</rt></ruby>我<ruby>們<rt>们</rt></ruby>的<ruby>調<rt>调</rt></ruby>查<ruby>結<rt>结</rt></ruby>果<ruby>顯<rt>显</rt></ruby>示，<ruby>購買<rt>购 买</rt></ruby>平板<ruby>電腦<rt>电 脑</rt></ruby>的族群，年<ruby>齡<rt>龄</rt></ruby>主要<ruby>介於<rt>于</rt></ruby>❼22到35<ruby>歲<rt>岁</rt></ruby>之<ruby>間<rt>间</rt></ruby>，<ruby>職業<rt>职 业</rt></ruby>分布<ruby>則<rt>则</rt></ruby>以上班族居多；性<ruby>別<rt>别</rt></ruby>方面，<ruby>雖<rt>虽</rt></ruby>然男性使用者<ruby>較<rt>较</rt></ruby>多，但是<ruby>數<rt>数</rt></ruby>量上差距不大。此外，<ruby>調<rt>调</rt></ruby>查<ruby>結<rt>结</rt></ruby>果<ruby>顯<rt>显</rt></ruby>示，女性使用者普<ruby>遍<rt></rt></ruby>反<ruby>應<rt>应</rt></ruby>市面上的平板<ruby>電腦<rt>电 脑</rt></ruby>太厚重，外型<ruby>單調<rt>单 调</rt></ruby>❽。所以，市<ruby>場<rt>场</rt></ruby>部建<ruby>議鎖<rt>议 锁</rt></ruby>定❾上班族<ruby>為<rt>为</rt></ruby>主要客<ruby>戶<rt>户</rt></ruby>族群，尤其是女性上班族。<ruby>請<rt>请</rt></ruby>行<ruby>銷部門<rt>销 门</rt></ruby>的各位同仁<ruby>發<rt>发</rt></ruby>表意<ruby>見<rt>见</rt></ruby>。

1　大<ruby>陸<rt>陆</rt></ruby>用<ruby>語<rt>语</rt></ruby>：营销

行銷部李小姐：我認為僅以上班族為行銷對象，範圍⑩太狹隘⑪了，大學生、碩博士生在做學術研究和論文發表時，也都必須依靠電腦，如果能吸引這些族群，那麼平板電腦市場反應一定會更好。

行銷部陳經理：我同意李小姐的說法，我認為將學生族群也列為行銷對象，可增加商機⑫。這是我個人的淺見⑬，不知市場部的想法如何？

吳經理：我覺得行銷部的想法彌補⑭了市場部的疏漏⑮，那就決定NT2023銷售族群以女性上班族和學生為主。我們會將今日的決議⑯向余總經理報告。謝謝大家的參與！

情境二 ▶▶ MP3-08

班傑明與行銷部全體同仁在會議室討論行銷策略⑰。

會話二

行銷部陳經理：今天我們討論的主題是NT2023的行銷策略和管道，請大家發表一下自己的意見。

行銷部林先生：實體通路是最普遍的選擇，客戶可以在3C量販店⑱實際體驗⑲，再配合⑳店員的詳細說明，讓消費者能安心購買。

行銷部蔡小姐：還有目前流行的網路²行銷呢！現今網購普及㉑，而且，自從新冠肺炎㉒爆發㉓之後，很多人都宅㉔在家，線上購物³的數量也隨㉔之暴增㉕，所以這不但能讓商品快速曝光㉖，買賣雙方也可立即聯絡，付款方式也更是多元化。

行銷部張先生：那電視購物如何？我認為藉由㊄跟購物臺的合作，商品曝光率㉗大增，可以說是銷售與廣告㉘同步㉙進行㉚。

班傑明：平面廣告㉛與電視廣告也是不可或缺㉜的，透過㊄報章雜誌的大幅㉞刊登㉟及電視媒體的放送㊱，民眾可以更容易得知商品的資訊。

行銷部陳經理：還有其他的意見嗎？

（全體無聲）

行銷部陳經理：好！我為今日的會議做個總結：NT2023的行銷管道就決定以實體通路、網路行銷與電視購物為主，三管齊下。至於各個管道的企畫事宜㊲，會再請專人㊳負責。今天的會議就到這兒結束，謝謝大家與會。

2　大陸用語：网络
3　大陸用語：在线购物

正體字　詞性　漢語拼音　英譯　日譯

❶ 即將　**adv.**　**jíjiāng**　be about to　まもなく

例句 ▶▶ 他**即將**到國外留學，這幾日正忙著向親朋好友道別。

❷ 定位　**n.**　**dìngwèi**　positioning　位置づけ

例句 ▶▶ 應該選擇怎樣的市場**定位**，才能使產品迅速占領市場？

❸ 銷售　**n.**　**xiāoshòu**　sale　販売

例句 ▶▶ 賣場裡的**銷售**人員說這是用高級羊毛做的大衣。

❹ 管道　**n.**　**guǎndào**　channel　経路、ルート

例句 ▶▶ 泥沙充塞了排水**管道**。

❺ 檢視　**v.**　**jiǎnshì**　to examine　点検する

例句 ▶▶ 安檢人員正在公司周圍走著，**檢視**有無任何可疑情況。

❻ 優勢　**n.**　**yōushì**　advantage　優位性、アドバンテージ

例句 ▶▶ 輕薄且容量大是這款筆電的**優勢**。

❼ 介於　**v.**　**jièyú**　to range between　～の間にある

例句 ▶▶ 這褲子適合身高**介於** 165 到 170 公分之間的人穿。

❽ 單調　**adj.**　**dāndiào**　monotonous　単調

例句 ▶▶ 屋子裡靜悄悄的，只有時鐘發出「嘀嗒嘀嗒」**單調**的聲響。

⑨ 鎖定   **v.**   **suǒdìng**   to target   ターゲットにする、狙う

例句 ▶▶ 犯人**鎖定**高級的車為目標，趁人不注意時將車偷走。

⑩ 範圍   **n.**   **fànwéi**   range   範囲

例句 ▶▶ 這場雨下的**範圍**很廣，希望臺中的旱情能早點解除。

⑪ 狹隘   **adj.**   **xiá'ài**   narrow   狭い

例句 ▶▶ 這一艘船雖然小，卻能帶領著我們離開**狹隘**的山谷河流。

⑫ 商機   **n.**   **shāngjī**   business opportunity   商機、ビジネスチャンス

例句 ▶▶ 綠色環保車給汽車製造商帶來了**商機**。

⑬ 淺見   **n.**   **qiǎnjiàn**   humble opinion   浅見

例句 ▶▶ 我個人的**淺見**，現在是核子時代，真正的敵人是戰爭本身。

⑭ 彌補   **v.**   **míbǔ**   to make up for   補う

例句 ▶▶ 吸取別人的優點，**彌補**自己的不足。

⑮ 疏漏   **v.**   **shūlòu**   to neglect   見落とす

例句 ▶▶ 這次期末考，他因為檢查不仔細，竟然**疏漏**了一道題目。

⑯ 決議   **n.**   **juéyì**   resolution   決議

例句 ▶▶ 本次會議通過了三項**決議**。

⑰ 策略   **n.**   **cèlüè**   strategy   戦略

例句 ▶▶ 打仗講求**策略**，影響著戰勝或戰敗。

⑱ 量販店　**n.**　**liàngfàndiàn**　wholesale store　量販店

> 例句 ▶ 為了弟弟的生日派對，我們在**量販店**買了一大堆零食和飲料。

⑲ 體驗　**v.**　**tǐyàn**　to experience　体験する

> 例句 ▶ 作家要經常**體驗**生活，才能寫出好作品。

⑳ 配合　**v.**　**pèihé**　to cooperate　協力する

> 例句 ▶ 請各位用餐的顧客**配合**量體溫與手部消毒。

㉑ 普及　**adj.**　**pǔjí**　commonplace　普及する

> 例句 ▶ 現在手機非常**普及**，公共電話已經幾乎消失了。

㉒ 新冠肺炎　**n.**　**xīnguānfèiyán**　covid-19　新型コロナウイルス

> 例句 ▶ **新冠肺炎**嚴重地影響了我們的生活。

㉓ 爆發　**v.**　**bàofā**　to break out　爆発的に増える、アウトブレイク

> 例句 ▶ 由於沒做好消毒工作，疾病很快地在市區**爆發**開來。

㉔ 宅　**v.**　**zhái**　to stay put　とどまる、引きこもる

> 例句 ▶ 寒假一到，許多學生整天**宅**在家玩電動。

㉕ 暴增　**v.**　**bàozēng**　to increase rapidly　急増する

> 例句 ▶ 天氣開始變涼，感冒的人數也跟著**暴增**。

㉖ 曝光　**v.**　**pùguāng**　to expose　明るみに出る、世に出す、公開する

> 例句 ▶ 電視上把這件事一**曝光**之後，很多人都知道這件事了。

㉗ 曝光率　**n.**　**pùguānglǜ**　exposure rate　注目度

例句 ▶▶ 想要讓商品賣得好，就是要增加**曝光率**，最快的方法就是買廣告。

㉘ 廣告　**n.**　**guǎnggào**　advertisement　広告

例句 ▶▶ 這支電視**廣告**很有創意，十分引人注目。

㉙ 同步　**adv.**　**tóngbù**　synchronously　同時に

例句 ▶▶ 舞蹈老師要求學生的動作一致，跟著音樂**同步**跳舞。

㉚ 進行　**v.**　**jìnxíng**　to carry through; to go along　進める、進行する

例句 ▶▶ 游泳比賽正在**進行**中，卻有兩名選手在游泳池裡吵起架來。

㉛ 平面廣告　**n.**　**píngmiàn guǎnggào**　print ads　（平面媒体の）広告、紙面広告

例句 ▶▶ 我們公司專門設計汽車的**平面廣告**，許多知名品牌都是我們的客戶。

㉜ 不可或缺　**adj.**　**bùkěhuòquē**　indispensable　不可欠

例句 ▶▶ 水是我們生命中**不可或缺**的一部分。

㉝ 透過　**prep.**　**tòuguò**　through　〜を通して

例句 ▶▶ 他**透過**望遠鏡看遠處的飛鳥。

㉞ 大幅　**adv.**　**dàfú**　substantially　大幅に

例句 ▶▶ 受到天氣的影響，今年的草莓價格**大幅**上升。

㉟ 刊登　**v.**　**kāndēng**　to publish　掲載する

例句 ▶▶ 最近，報紙上**刊登**了不少臺中缺水的消息。

㊱ **放送** **v. fàngsòng** to broadcast 放送する

例句 ▶▶ 有一些地下電臺，在一個非常小的範圍下**放送**訊息，有賣藥的，也有講政治的。

㊲ **事宜** **n. shìyí** matters 事柄

例句 ▶▶ 在那次會議上，他們討論了合作**事宜**。

㊳ **專人** **n. zhuānrén** specially-assigned person 担当者

例句 ▶▶ 對這次的活動有任何問題，請撥打這支電話，會有**專人**為您服務。

三、句型語法

1. Subj. + 介於 N1 到 N2 之間

說明：某個事物在兩者之間。

Note: Subj. is between N1 and N2.

説明：ある物事がN1とN2の間にある。

例句：

（1）註冊這個系統，密碼長度的設定必須介於八到二十個字元[4]之間。

（2）YouTube 上的廣告影片要讓觀眾無法點選略過的話，上傳時間長度
必須介於六到十五秒之間。

造句：

（1）_____。

（2）_____。

---

[4]　大陸用語：字符

2. Subj.1 + Predicate1，Subj.2 + 則以 + Predicate2

說明：「則以」相當於英語的「while」。本句型為前後兩件事的對照。後者帶有「則以」表示對比特徵的描述，是不同於前者。

Note: 則 is similar to 'while' in English. This pattern takes two things and makes a contrast. The second clause of the sentence (which includes the 則) describes another thing with a contrasting characteristic.

說明：前後の二つの事柄を比べ、後者の事柄が対比的な特徴を描写し、前者との違いを表す。

例句：

（1）一項有關網路使用的調查研究發現，有 50.4% 的男性偏好在「討論區」交流訊息，45.3% 的女性則以「社交網站」搜尋訊息為主要管道。

（2）臺灣的就業結構，男性以「技藝工作、機械設備操作及勞力工」為主，女性則以「服務及銷售人員」的比例最高。

造句：

（1）＿＿＿＿＿＿＿＿＿＿＿＿＿＿＿＿＿＿＿＿＿＿＿。

（2）＿＿＿＿＿＿＿＿＿＿＿＿＿＿＿＿＿＿＿＿＿＿＿。

3. 以 N. 居多 / 以 N1 為 N2 / 以 N. 為主

說明：這個句型相當於「把……作為……」。「以 N. 為主」和「以 N. 居多」也是常用的句型，英語的意思為「mainly...; the majority is...」。

Note: This pattern is the same as '把…作為', meaning 'taking N1 as N2' in English. '以N.為主' and '以N.居多' are also often-used patterns, meaning 'mainly…; the majority is…' in English.

說明：「以N1為N2」は日本語の「～を～として」に当たり、「把……作為……」に相当する文型である。「～を～として」。「以N.為主」および「以N.居多」は、「主に」、「～の大多数」などといった意味を表す。

例句：

（1）「以客戶為中心」是這間公司最重要的經營理念與核心價值觀。

（2）從事華語文教學工作者，以女性居多。

造句：

（1）＿＿＿＿＿＿＿＿＿＿＿＿＿＿＿＿＿＿＿＿＿＿。

（2）＿＿＿＿＿＿＿＿＿＿＿＿＿＿＿＿＿＿＿＿＿＿。

4. Subj. ＋ 隨 ＋ N. ＋ V. phr.

說明：本句型的意思是主語因某物或事件而產生反應，其英譯為「along with」、「following」或「in the wake of」。

Note: This pattern is that one thing is 'following' another, reacting along with it. Its meaning is similar to 'along with', 'following', or 'in the wake of'.

說明：ある物事によって何らかの事象が生じることを表す。「～に従って」

例句：

（1）枝葉隨風搖擺。

（2）由於經濟快速起飛，國民所得與生活水準也隨之提升。

造句：

（1）_____。

（2）_____。

5. **藉由 / 透過** + N. phr. / V. phr. ，（來 / 去）+ V. phr.

說明：句型「藉由 + N. phr. / V. phr.」的「藉由」後面接的是工具或方法，
去做之後所接的目標活動或事件。「透過 + N. phr. / V. phr.」的「透
過」後面接的是途徑，來達成之後所接的活動或事件，「透過」
在大陸用語中通常使用「通過（tōngguò）」一詞。

Note: '藉由' means 'by means of' in English. It precedes a noun or a verb
phrase as a tool or method to do the following activity or event. '透過'
means 'through' in English. It precedes a noun or a verb phrase as a path
to achieve the following activity or event. The term '通過（tōngguò）'
is used in China.

說明：この文型は日本語で「〜によって〜」、「〜を通じて〜」、
「〜を通して〜」という意味である。

例句：

（1）人會藉由社交活動，來與他人建立、維持關係。

（2）理論的發展是透過實際現象的觀察與統計而來。

造句：

（1）_____。

（2）_____。

四、牛刀小試^試

（一）聽力^听理^解

▶▶ MP3-09

說^说明：在這^这個^个部分，你會^会聽^听到一句話^话和（A）（B）（C）三個選項^{个 选 项}，
請從選項中找出一個合適的回應來完成對話。^{请 从 选 项　　个 适　　应 来　　对 话}

1.　（　）　（A）我認為範圍太狹隘了。^{认 为 范 围　　狭}

　　　　　　（B）我認為行銷對象很重要。^{认 为　　销 对}

　　　　　　（C）我認為上班族不太足夠。^{认 为　　　　　够}

2.　（　）　（A）這是我個人的淺見。^{这　　个　　浅 见}

　　　　　　（B）我很同意你的說法。^说

　　　　　　（C）商機要鎖定許多對象。^{机　锁　许　对}

3.　（　）　（A）電視購物如何？^{电 视 购}

　　　　　　（B）網路行銷可行嗎？^{网　　销　　吗}

　　　　　　（C）實體通路可以直接試用嗎？^{实 体　　　　　试 吗}

（二）詞語填空

說 请 内 词汇 适当
說明：請把框框內的詞彙填入適當的句子中。

不可或缺　策略　狹隘　評估　事宜

現 请 杰 为 说 场 结
1. 現在請班傑明為大家說明市場部＿＿＿＿＿＿的結果。

广 与 电视广
2. 平面廣告與電視廣告也是＿＿＿＿＿＿的。

个 画 会 请专 负责
3. 各個管道的企畫＿＿＿＿＿＿，會再請專人負責。

认为仅 为 销对 范围
4. 我認為僅以上班族為行銷對象，範圍太＿＿＿＿＿＿了。

杰 与 销 体 会议 讨论 销
5. 班傑明與行銷部全體同仁在會議室討論行銷＿＿＿＿＿＿。

（三）情境對話

說明：在這個部分，請根據對話內容，分別從以下四個選項中選擇最合適的回應來完成對話。

ㄅ. 我可以提出我的想法與大家討論嗎？

ㄆ. 這類族群如果好好把握，會是一個很大的商機。

ㄇ. 我們認為許多地方都可以再做修正。

ㄈ. 的確需要全新的手法來推廣新產品。

---

1. A：這是我個人的淺見，不知市場部的想法如何？

   B：_____。

2. A：今天我們討論的主題是新產品的行銷策略，請大家拋磚引玉，發揮己見。

   B：_____。

3. A：現今網購普及，網路行銷能讓商品快速曝光，買賣雙方也可立即聯絡，付款方式也很方便。

   B：_____。

4. A：高等教育學生在做研究時，也都必須依靠電腦，如果能吸引這些族群，市場反應一定會更好。

   B：_____。

（四）閱讀測驗

說明：請閱讀以下短文，並回答問題。

　　班傑明在晶碩公司的會議室和其他同事討論行銷策略時，大家分別提出不同的意見及想法。林先生覺得要讓消費者親身體驗才能夠讓滿意度提高；蔡小姐則是建議採用網路行銷的手法，因為現在屬於資訊[5]科技時代，網路很普遍，加上無國界的限制，而且網路付款的交易手法也讓消費者覺得很方便；張先生提到與電視購物頻道合作的方案。最後，大家決定把討論出來的重點回報給總經理知道。

1.（　）林先生注重行銷策略的哪一方面？

（A）匯款　（B）體驗　（C）產品

2.（　）蔡小姐想採用網路行銷的原因為何？

（A）現今流行

（B）交易方便

（C）成本低廉

3.（　）班傑明和其他同事沒有討論到哪個行銷策略？

（A）電視　（B）體驗　（C）科技

---

[5]　大陸用語：信息

（五）短文寫作

說明：請依以下提示，寫一篇約 150 字的短文。

　　請寫下一篇你曾經與主管或同事討論過的有趣商品行銷，並提及讓你覺得有趣或難以忘記的原因。

題目：

作文：

五、學以致用

以下是根據課文內容的會議討論程序，請您按照課文內容依序排列。

1. 檢視資料

2. 提出意見及看法

3. 評估優勢

4. 向總經理報告決議

5. 統整意見及重點

六、文化錦囊

商品銷售的手法

在銷售自己的產品之前，必須先和其他同事一起討論產品的優勢及劣勢，並做多重思考，將其分散的好意見與不好的意見做一個統整，確認把產品的劣勢降到最低，接著分析行銷策略。根據時代潮流，行銷策略也會有很大的變遷。

過去流行叫賣、發傳單、寄信件或資料到家庭信箱中等行銷手法，但現在趨向於網路行銷、體驗行銷、病毒行銷，因為這三種類型的行銷都會接觸到網際網路，例如：建立網站、電視購物頻道、試聽、試玩、網頁突然出現的廣告、App出現的廣告，這些都是現今常出現的行銷手法。

四、牛刀小試

（一）聽力理解

1. 行銷部覺得新產品僅以上班族為行銷對象就很足夠了！

2. 將學生族群列為行銷對象可增加商機，大學生、碩博士生也能吸引到就更好了。

3. 除了實體通路、電視廣告和網路行銷以外，還有人有更好的想法嗎？

參考答案：1.（A）　2.（B）　3.（A）

（二）詞語填空

參考答案：1. 評估　2. 不可或缺　3. 事宜　4. 狹隘　5. 策略

（三）情境對話

1. ㄇ. 我們認為許多地方都可以再做修正。

2. ㄆ. 我可以提出我的想法與大家討論嗎？

3. ㄈ. 的確需要全新的手法來推廣新產品。

4. ㄆ. 這類族群如果好好把握，會是一個很大的商機。

（四）閱讀測驗

參考答案：1.（B）　2.（B）　3.（C）

五、學以致用

參考答案：1→3→2→5→4

廣告行銷策略

广　　销

一、情境會話

情境一　▶▶ MP3-10

　　昨天各部門開會提出後，請班傑明與行銷¹部陳經理前往❶拜訪一位知名廣告公司的負責人❷——洪小姐。雙方於是在會議室討論晶碩公司新產品的廣告促銷❸企畫❹。

會話一

陳經理：洪小姐，我們公司即將推出最新的平板電腦——NT2023，希望　貴公司協助規劃❺出₁最好的宣傳❻企畫。

洪小姐：我們已經與　貴公司合作很多次了，保證我們的專業❼會令₂貴公司滿意的。

陳經理：當然，根據❽之前愉快的合作經驗，我們總經理一向很滿意你們的企畫，相信一定也不會讓我們失望❾。

洪小姐：感謝　貴公司對我們的信賴❿，我想先₃聽聽各位的意見，我們再₃來規劃，好嗎？

陳經理：好的，我請班傑明向妳說明。

---

¹　大陸用語：营销

Lesson 4　廣告行銷策略

75

班傑明：我們的新產品除了在臺灣銷售外，還計畫推展⓫到亞洲各國及歐美地區。在功能方面，新產品跟上一代機型⓬不同之處是在文書處理方面有了很大的突破⓭，例如：內建的應用程式[2]讓使用者[3]在記錄筆記和編輯⓮資料時都能容易上手⓯。再加上亮麗、輕薄的外型更能吸引年輕消費族群，尤其是小資女⓰和學生。

洪小姐：謝謝您的詳細說明，我認為你們的新產品很具市場競爭力⓱，再搭配⓲我們精心設計的廣告促銷，銷售量⓳一定很可觀⓴。

陳經理：我們以往㉑只在臺灣銷售，這次的產品將要推展到國際市場，請問洪小姐有哪些更有效加強吸引國外消費者的建議嗎？

洪小姐：我建議請一位國際巨星為[4]你們的產品代言㉒，當然代言費用通常比較高，如果你們有足夠的廣告預算㉓，我認為這個策略是可行的。

陳經理：關於預算方面的問題，我需要向總經理請示㉔一下。確定後，我們再進一步討論細節。

2　大陸用語：应用程序
3　大陸用語：用户

（陳經理與余總經理通話後……）

會話二

陳經理：洪小姐，我們總經理認為妳的建議不錯，所以決定增加廣告的預算，而且已請有名的藝人㉕安妮來為我們代言產品。她是俄羅斯人，有老外㉖的臉孔㉗，相信她為國際市場代言是滿㉘適合的。

洪小姐：請問　貴公司實際的預算是多少？

陳經理：廣告預算是五佰萬，代言費控制在兩仟萬以內，這樣的安排㉙是否可行？

洪小姐：沒問題！讓我先說明我們的收費㉚原則㉛，除了廣告製作費㉜之外，服務費㉝另計㉞，以總金額的百分之十計算。至於設計廣告的工作天預計是十天，屆時㉟完成後再告知你們，各位同意嗎？

陳經理：好！就這樣說定了㊱。

二、生詞

正體字 詞性 漢語拼音 英譯 日譯

① 前往 **v.** **qiánwǎng** to depart to 向かう

> 例句 ▶▶ 明天早上陳經理將**前往**拜訪客戶。

② 負責人 **n.** **fùzé rén** person in charge 責任者

> 例句 ▶▶ 李先生是這家公司的**負責人**,有什麼問題請與他聯絡。

③ 促銷 **n.** **cùxiāo** sales promotion 販売促進

> 例句 ▶▶ 這次新產品的廣告**促銷**非常成功。

④ 企畫 **n.** **qìhuà** project 企画

> 例句 ▶▶ 總經理在這次的會議上提出了新**企畫**。

⑤ 規劃 **v.** **guīhuà** to program; to lay out; to plan 企画する、計画する

> 例句 ▶▶ 我們**規劃**了一系列活動,讓新客戶可以試用我們的產品。

⑥ 宣傳 **n.** **xuānchuán** publicity 宣伝

> 例句 ▶▶ 這次的**宣傳**活動一定會成功。

⑦ 專業 **n.** **zhuānyè** professionalism 專門、プロフェッショナル

> 例句 ▶▶ 我們的**專業**一定會讓 貴公司滿意!

⑧ 根據 **prep.** **gēnjù** according to 〜によれば

> 例句 ▶▶ **根據**他提供的企畫,產品才能快速促銷。

⑨ 失望 **adj. shīwàng** disappointed　がっかりする

例句 ▶▶ 因為店員推薦這台吸塵器，他買回家後才發現沒那麼好用，真令人**失望**。

⑩ 信賴 **n. xìnlài** trust　信頼

例句 ▶▶ 您的**信賴**是我繼續努力工作的動力！

⑪ 推展 **v. tuīzhǎn** to promote; to popularize　推進する

例句 ▶▶ 本公司正在規劃**推展**綠色家園。

⑫ 機型 **n. jīxíng** model of a device　モデル、機種

例句 ▶▶ 這款筆電的**機型**設計，很符合我的需求。

⑬ 突破 **n. túpò** breakthrough　ブレイクスルー、躍進、突破、進歩

例句 ▶▶ 這個產品設計在今年有很大的**突破**，因為負責的小組非常專業。

⑭ 編輯 **v. biānjí** to edit　編集する

例句 ▶▶ 他的工作是將資料**編輯**歸檔。

⑮ 上手 **v. shàngshǒu** to master　習得する、使いこなす

例句 ▶▶ 產品的使用說明最好能簡單易懂，讓客戶閱讀後都能輕易**上手**。

⑯ 小資女 **n. xiǎozīnǚ** office lady (working women in the petite bourgeoisie)　（ある程度財力があり、中流で比較的若い）女性オフィス・ワーカー

例句 ▶▶ 公司附近新開的咖啡店物美價廉，吸引很多**小資女**上班族前往。

⑰ 競爭力　**n.**　**jìngzhēnglì**　competitiveness　競争力

例句 ▶▶ 負責人要能突破傳統，才能擁有市場**競爭力**。

⑱ 搭配　**v.**　**dāpèi**　to match; to pair　組み合わせる

例句 ▶▶ 如果這項產品能**搭配**新設計的程式[4]，銷售一定能更有進展。

⑲ 銷售量　**n.**　**xiāoshòuliàng**　sales volume　販売量

例句 ▶▶ 商品的**銷售量**會受到季節影響而產生變化。

⑳ 可觀　**adj.**　**kěguān**　considerable; impressive　相当なものである

例句 ▶▶ 他戶頭裡已有**可觀**的數字，都是多年來努力工作賺來的。

㉑ 以往　**n.**　**yǐwǎng**　earlier period of time; in the past　これまで、以前

例句 ▶▶ **以往**，公司會議都在早上進行，自從新的經理來了之後，會議時間就改到了下午。

㉒ 代言　**v.**　**dàiyán**　to endorse (a product)　（商品を宣伝するために専属モデルやイメージキャラクターなどが）代わりに話す、スピーチする

例句 ▶▶ 這個服裝品牌因為邀請到流行歌手**代言**，受到許多年輕人及青少年的喜愛。

㉓ 預算　**n.**　**yùsuàn**　budget　予算

例句 ▶▶ 公司的**預算**有限，所以要把錢花在刀口上。

---

[4]　大陸用語：程序

㉔ 請[请]示　v.　qǐngshì　to ask for (instructions or a permission)　伺いを立てる

例句 ▶▶ 我需要向經[经]理請[请]示，才能確[确]定是否能和您簽[签]約[约]。

㉕ 藝[艺]人　n.　yìrén　performing artist; actor　芸能人

例句 ▶▶ 他因為[为]公司大力宣傳[传]，而成為[为]知名藝[艺]人。

㉖ 老外　n.　lǎowài　foreigner (colloquial usage)　（話しことばで）外国人

例句 ▶▶ 用中文點[点]餐，對[对]許[许]多剛[刚]到臺灣[台湾]不久的老外來說[来说]，是一大挑戰[战]。

㉗ 臉[脸]孔　n.　liǎnkǒng　face　顔、顔つき

例句 ▶▶ 身為[为]代言人，臉[脸]孔和服裝[装]總[总]是特別引人注目。

㉘ 滿[满]　adv.　mǎn　(dialect) quite; very　（方言で）とても

例句 ▶▶ 你提的這個[这个]主意滿[满]不錯[错]的，相信我們[们]的負責[负责]人一定會[会]滿[满]意的。

㉙ 安排　v.　ānpái　to arrange　手配する

例句 ▶▶ 總[总]經[经]理的行程都是助理安排的。

㉚ 收費[费]　v.　shōufèi　to charge　料金をとる

例句 ▶▶ 離這[离这]裡[里]最近的停車[车]場[场]，一小時[时]收費[费] 30 元。

㉛ 原則[则]　n.　yuánzé　principle　原則

例句 ▶▶ 我們[们]公司促銷[销]新產[产]品都很有原則[则]，不會[会]讓顧[顾]客失望[望]。

㉜ 製[制]作費[费]　n.　zhìzuòfèi　cost of production　製作費

例句 ▶▶ 這[这]家廣[广]告公司的廣[广]告製[制]作費[费]雖[虽]然可觀[观]，但製[制]作出來[来]的廣[广]告品質[质]極好。

㉝ 服^务務費^费 **n.** **fúwùfèi** service fee サービス料

例句 ▶▶ 顧客至本餐廳^厅用餐會^会額^额外加收 5% 服務費^{务费}。

㉞ 另計^计 **v. phr.** **lìngjì** to charge an extra fee 別途料金、別料金

例句 ▶▶ 網購^{网购}商品通常都可選^选擇^择宅配到府，運費^{运费}另計^计。

㉟ 屆^届時^时 **adv.** **jièshí** at the appointed time その節には、その時には

例句 ▶▶ 報^报名完成後^后可以先離開^{离开}，分組^组名單^单屆時會^{届时会}公告。

㊱ 說^说定了 **phr.** **shuōdìng le** It's a deal; It is settled. 話を決める

例句 ▶▶ 那就這麼^{这么}說^说定了！我會^会把合約^约書^书寄給^给你，確認^{确认}沒問題後^{没问题后}就正式簽約^{签约}。

三、句型語法

1. **V. 出 + N. phr.**

   說明：本句型的「出」有「產生」或「出現」之意。

   Note: In this pattern, '出' is used as a complement and has a sense of 'emerging' or 'coming up with'.

   説明：本文型の「出」には、「生じる」、「現れる」の意味がある。

   例句：

   （1）我們試著找出提高業績的方法。

   （2）關於這個提案，請各位提出自己的創見，謝謝！

   造句：

   （1）_____。

   （2）_____。

2. Subj. ＋ 令 ＋ Obj. ＋ V. phr.

說明：「令」的意思是「使、讓」，偏向書面語的用法。

Note: '令' means 'to make' in English in this pattern. It is usually used in a
　　　formal setting.

説明：「令」は「使、讓（〜させる）」の意味で、書きことばに用い
　　　られる傾向がある。

例句：

（1）這位運動選手的表現優異，令人矚目。

（2）當她第一次要進手術房開刀時，真令她心裡感到不安。

造句：

（1）＿＿＿＿＿＿＿＿＿＿＿＿＿＿＿＿＿＿＿＿＿＿＿＿＿＿＿＿＿。

（2）＿＿＿＿＿＿＿＿＿＿＿＿＿＿＿＿＿＿＿＿＿＿＿＿＿＿＿＿＿。

3. 先 + V. phr.，（然後）（Subj.）+ 再 + V. phr.

說明：這個句型描述兩個動作或事件的先後順序。

Note: This pattern describes two actions in their sequential order, much like 'first...; then / and after that ...' in English.

説明：二つの動作や事柄の前後の順序を述べる。「まず〜、それから〜」。

例句：

（1）網購時，通常都是買家先付費，然後賣家再出貨。

（2）回家後，先洗手再換衣服，是預防病毒感染的不二法門。

造句：

（1）_____。

（2）_____。

4. 為 + Obj. + V. phr.

　　說明：「為」後面的名詞賓語，是因為之後的某個動作或事件所得到好

　　　　處的對象。

Note: The noun after '為' is the one who gets the benefit from the following

　　action or event.

　　說明：「為」の後に置かれる目的語は、その次の動作や事柄の結果、

　　　　よいことが及ぼされる対象を示す。

例句：

（1）父母為孩子付出很多。

（2）總經理為員工向公司爭取了很多福利。

造句：

（1）_____。

（2）_____。

四、牛刀小試

（一）聽力理解

說明：在這個部分，你會聽到一句話和（A）（B）（C）三個選項，請從選項中找出一個合適的回應來完成對話。

1.（　）（A）現在的智慧型手機都有生物辨識設定的功能。

（B）我覺得可以切換立體聲的平板電腦比較好。

（C）我認為螢幕大的平板電腦和筆電沒什麼兩樣。

2.（　）（A）擴展市場是提升銷售業績的方法之一。

（B）今年我們很幸運接到來自國際的訂單，這是個好兆頭，可得好好慶祝一番。

（C）除了與眾不同之外，還要考量產品的在地化，才能符合不同國家消費者的特性和需求。

5　大陸用語：智能
6　大陸用語：屏幕
7　大陸用語：考慮

（二）詞語填空

說明：請把框框內的詞彙填入適當的句子中。

服務費　安排　預算　上手

---

1. 這次要買新的電腦，我的＿＿＿＿＿＿＿＿是一萬元以下。

2. 這對你來講應該很簡單，你一定可以輕易＿＿＿＿＿＿＿＿。

3. 這間餐廳服務態度很好，所以額外加收＿＿＿＿＿＿＿＿是理所當然
的。

4. 這項課程即將＿＿＿＿＿＿＿＿在下禮拜四開始上課。

（三）情境對話

說明：在這個部分，請根據對話內容，分別從以下四個選項中選擇
最合適的回應來完成對話。

ㄅ. 真的嗎？這一天我等很久了。

ㄆ. 快要完成了，剩下兩頁而已。

ㄇ. 這是一個好點子，那我們就請李連杰來代言吧！

ㄈ. 其實，我自己也很討厭菸味。

---

1. A：我們請大明星代言新產品如何？

   B：＿＿＿＿＿＿＿＿＿＿＿＿＿＿＿＿＿＿＿＿＿＿＿＿＿。

2. A：馬來西亞那裡的工廠終於和我們簽約了。

   B：＿＿＿＿＿＿＿＿＿＿＿＿＿＿＿＿＿＿＿＿＿＿＿＿＿。

3. A：對於新產品的心得報告，你完成了沒？

   B：＿＿＿＿＿＿＿＿＿＿＿＿＿＿＿＿＿＿＿＿＿＿＿＿＿。

4. A：長時間在有人吸菸的環境下工作，讓我覺得很不適應。

   B：＿＿＿＿＿＿＿＿＿＿＿＿＿＿＿＿＿＿＿＿＿＿＿＿＿。

（四）閱讀測驗

說明：請閱讀以下短文，並回答問題。

　　過了兩年之後，班傑明的行銷策略非常成功，不但讓晶碩公司與來自海外合作廠商的簽約和訂單越來越多，而且新推出的新型平板電腦，畫面除了有立體效果之外，還可以使用臉部偵測來保護個人隱私。當使用者一眼看到平板電腦的顏色為亮色系列，再加上輕薄的外型更可以吸引年輕消費族群，尤其是女性上班族及學生，所以擴展到國外市場之後的一個月之內，銷售量就超過了 900 萬臺。

　　過沒多久，洪小姐請來了國際動作片的影星成龍代言此產品，全球的銷售量在短時間內突破了 2000 萬臺，實在是奇蹟呀！

1.　（　）　新的平板電腦為什麼可以吸引年輕族群？

（A）輕薄及容易上手

（B）輕薄及影像清晰

（C）輕薄及亮麗的外型

2.　（　）　洪小姐請來的影星成龍，主要是哪一個領域的影星？

（A）愛情片　（B）科幻片　（C）動作片

3.　（　）　新產品銷售量持續向上擴展的最初原因是什麼？

（A）有請國際影星代言

（B）擴展到外國市場

（C）輕薄的外型

（五）短文寫作

....

說明：請依以下提示，寫一篇約 150 字的短文。

　　請寫下一篇你曾經在臺灣看過令你印象深刻的廣告，並說說看由知名藝人代言廣告產品，是否會讓你想要購買？

題目：

作文：

五、學以致用

討論並列出以下哪些策略對於廣告行銷有幫助？

1. 定期加班

2. 定期討論促銷計畫

3. 將計畫發展到國外

4. 廣告製作須包含服務費

5. 可請名人或明星代言商品

六、文化錦囊

女性行銷

　　在賣場總會發現很多女性同胞在逛街，就算身邊有男性陪同，最後是否要購買的決定權，往往都是女性。因此，許多企業認為女性是世界上最有力量的消費者，進而鎖定女性為主要的行銷對象。女性行銷不等同於女性化，而是從女性的需求與特性去思考，像是用貼心關懷的設計，以感性、切身相關為訴求，來打動女性消費者的心。

　　在臺灣很多經營者常常就會舉辦女性客群喜愛的主題活動和特色商品，例如：Hello Kitty系列活動、福特六和女性車主日、明碁Ben Q的Joybee系列、百貨公司的女性專賣店，以及吃泡芙會有幸福感覺的幸福烘焙坊等，都是很好的行銷策略。

四、牛刀小試

（一）聽力理解

1. 用平板電腦看影片時，你會注重哪方面的功能？

2. 請問要如何把新產品推展到國際市場？

參考答案：1.（B）　2.（C）

（二）詞語填空

參考答案：1. 預算　2. 上手　3. 服務費　4. 安排

（三）情境對話

1. ㄇ. 這是一個好點子，那我們就請李連杰來代言吧！

2. ㄅ. 真的嗎？這一天我等很久了。

3. ㄆ. 快要完成了，剩下兩頁而已。

4. ㄈ. 其實，我自己也很討厭菸味。

（四）閱讀測驗

參考答案：1.（C）　2.（C）　3.（B）

五、學以致用

參考答案：2、3、5

memo

Lesson 5

<ruby>產<rt>产</rt></ruby> 品 <ruby>發<rt>发</rt></ruby> 表 <ruby>會<rt>会</rt></ruby>

一、情境會話

情境一　　　　　　　　　　　　　　　▶▶ MP3-13

　　晶碩公司為新產品NT2023舉辦產品發表會❶，行銷部陳經理向各位來賓❷介紹NT2023。

會話一

陳經理：各位午安，歡迎蒞臨❸NT2023產品發表會，我是晶碩代表——陳虹仁，以下我為你們介紹本公司的新產品，相信將帶給你們全新的感受！在簡報過程中，如果有任何疑問，歡迎各位隨時提出。在上一代產品NT2022推出後，晶碩平板電腦的使用人數在全球已超過5000萬，是目前市場占有率❹最高的品牌之一，而且，消費者滿意度❺更高達75%，可見晶碩平板電腦受寵愛❻的程度。現在，請各位注意螢幕❼上的畫面❽，這就是我們最新推出的平板電腦——NT2023。首先，它在外型上，厚度只有1.5公分，比上一代薄了12%，而重量僅有120公克，也比上一代輕了16%。

記者A：除了外型輕薄之外，內建功能，比起上一代新增了哪些？

1　大陸用語：营销
2　大陸用語：屏幕

陳經理：謝謝這位記者先生的提問。NT2023除了保留上一代產品的內建軟體[3][9]功能外，還增加了新的文書處理[4][10]軟體，能有系統地處理龐雜[11]的資料[5]，加上高速的中央處理器[12]，使工作效率[13]大大提升，是上班族不可或缺的好夥伴。

記者B：簡單來說[5]，NT2023是主打[14]商業用途[15]的平板電腦嗎？

陳經理：是的！感謝這位記者先生的提問。但，這並不是NT2023全部的功能。在硬體[6]上，我們也加強了畫面的飽和度[16]，讓您擁有[17]高畫質[18]的螢幕，在工作之餘，也能隨時享受如電影院般的[6]觀賞[19]品質[7]。總而言之[7]，NT2023輕薄、易攜帶[20]，不但是您工作上的好幫手，也能增添[21]生活上許多樂趣！鑒於[8][22]時間的關係，發表會到此結束。如果各位還有問題，可至前方服務處詢問，衷心感謝大家今天的參與！

3　大陸用語：软件
4　大陸用語：文件处理
5　大陸用語：数据
6　大陸用語：硬件
7　大陸用語：质量

昱隆企業的王主任至服務處詢問NT2023相關事宜，班傑明負責回答廠商問題。

會話二

王主任：你好，我是昱隆企業的主任——王維忠，我對 貴公司的產品很有興趣，想多了解一些。

班傑明：歡迎歡迎，這邊有產品體驗區，讓我為您做產品導覽❷吧！請問王主任想了解產品哪方面的功能呢？

王主任：真是貼心的服務啊！陳經理剛才似乎沒有提到照相機的功能，我能試用看看嗎？

班傑明：NT2023的相機功能，除了1億800萬畫素❷的廣角❷主鏡頭❷，也提供了1200萬畫素的超廣角鏡頭，相較於上一代有很大的突破，內建的相片編輯軟體能立即做相片修改及上傳，請王主任試拍一張吧！

（王主任打開相機功能，喀擦一聲！）

班傑明：拍完照後，只要按下快捷鍵❷，就能立即上傳臉書、推特或IG。

王主任：的確不錯，我會考慮❷看看。謝謝你！

二、生詞

正體字 詞性 漢語拼音 英譯 日譯

① 產品發表會 phr. chǎnpǐn fābiǎohuì product launch 商品発表会

例句 ▶▶ 晶碩公司將於下週舉辦產品發表會。

② 來賓 n. láibīn guest ゲスト、来賓

例句 ▶▶ 讓我們用最熱烈的掌聲歡迎我們的特別來賓！

③ 蒞臨 v. lìlín to be present 臨席する

例句 ▶▶ 歡迎各位蒞臨今天的晚會！

④ 占有率 n. zhànyǒulǜ (market) share （市場）シェア、（市場）占有率

例句 ▶▶ 這家公司的電子產品在國際市場中的占有率是第一名。

⑤ 滿意度 n. mǎnyìdù satisfaction 満足度

例句 ▶▶ 經過民意調查，他的表現獲得很高的施政滿意度。

⑥ 寵愛 adj. chǒngài favorable 寵愛、可愛がる

例句 ▶▶ 她是父母親最寵愛的小女兒了！

⑦ 螢幕 n. yíngmù screen スクリーン

例句 ▶▶ 這支手機的螢幕壞掉了。

⑧ 畫面(画) **n.** **huàmiàn** picture (on a computer)　画面

例句 ▶▶ 我的相機被雨淋到後畫面(机后画)變成一片黑，我想應該(应该)是壞(坏)掉了。

⑨ 軟體(软体) **n.** **ruǎntǐ** software　ソフトウエア

例句 ▶▶ 隨著(随着)人工智慧[8]科技的發展，教育軟體(软体)的操作也越來(来)越簡單(简单)。

⑩ 文書處理(书处) **n.** **wénshū chǔlǐ** word processing　（コンピューターによる）文書処理、文書作成、ワードプロセッシング

例句 ▶▶ 這(这)份工作適(适)合擅長(长)電腦(电脑)文書處理(书处)的人來(来)應(应)徵。

⑪ 龐雜(庞杂) **adj.** **pángzá** complex　繁雑、乱雑

例句 ▶▶ 這(这)些資(资)料過於龐雜(庞杂)，我們(们)大概要花一個(个)月的時間(时间)整理。

⑫ 中央處理器(处) **n.** **zhōngyāng chǔlǐqì** Central Processing Unit　中央演算処理装置、CPU

例句 ▶▶ 這(这)款筆電(笔电)具備(备)高品質(质)的中央處理器(处)，效能最好，耗電(电)量最低。

⑬ 效率 **adj.** **xiàolǜ** effective　効率

例句 ▶▶ 他做事情很有效率。

⑭ 主打 **v.** **zhǔdǎ** to specialize in　主力となる

例句 ▶▶ 旅遊業(游业)者在夏季主打機票(机)折扣優(优)惠，現(现)在出國(国)很便宜。

⑮ 用途 **n.** **yòngtú** use　用途

例句 ▶▶ 悠遊(游)卡的用途廣(广)泛，除了搭乘捷運與公車(运与车)[9]，在便利商店也可以使用。

8　大陸用語：人工智能
9　大陸用語：公交车

⑯ 飽和度　n.　**bǎohédù**　saturation　（色彩の）飽和度、彩度

例句 ▶▶ 相片藉由編輯軟體修正顏色的**飽和度**，使色彩更濃烈或淡化。

⑰ 擁有　v.　**yǒngyǒu**　to have; to possess　持つ、所有する

例句 ▶▶ 他在臺北市**擁有**兩棟大樓。

⑱ 高畫質　n.　**gāohuàzhí**　high-resolution　高画質、高解析度

例句 ▶▶ 你必須付費才能在這個影音串流平臺觀賞**高畫質**的影片。

⑲ 觀賞　v.　**guānshǎng**　to watch sth with pleasure; to view (sth Marvelous)　観賞する

例句 ▶▶ 這部電影適合闔家**觀賞**。

⑳ 攜帶　v.　**xīdài**　to carry　携帯する

例句 ▶▶ 下飛機時，請記得**攜帶**好您的隨身行李和貴重物品。

㉑ 增添　v.　**zēngtiān**　to add; to increase　増やす、添える

例句 ▶▶ 自從他開始去上舞蹈課後，原本平淡的生活忽然**增添**了不少樂趣。

㉒ 鑒於　prep.　**jiànyú**　in view of　〜に鑑みて

例句 ▶▶ **鑒於**長期乾旱，我們更要養成節約用水的習慣。

㉓ 導覽　n.　**dǎolǎn**　guide　ガイド

例句 ▶▶ 如果想參觀博物館，預約**導覽**是個可以更了解博物館的好方法。

㉔ **畫素** **n.** **huàsù** pixel 画素、ピクセル

例句 ▶▶ 現在許多智慧型手機[10]都具備高**畫素**規格，能拍出清晰好看的照片。

㉕ **廣角** **n.** **guǎngjiǎo** wide-angle 広角、ワイドアングル

例句 ▶▶ **廣角**鏡頭適合拍攝風景照。

㉖ **鏡頭** **n.** **jìngtóu** lens レンズ

例句 ▶▶ 要拍照了，看**鏡頭**！

㉗ **快捷鍵** **n.** **kuàijié jiàn** shortcut keys ショートカットキー

例句 ▶▶ 您可以自訂[11]鍵盤**快捷鍵**。

㉘ **考慮** **v.** **kǎolǜ** to consider 考える

例句 ▶▶ 為了更多時間可以陪伴家人，他**考慮**轉換工作跑道。

---

10 大陸用語：智能手机
11 大陸用語：自定义

三、句型語法

1. 帶給 + Obj. + N. phr.
<small>帶給</small>

說明：本句型用於主語為賓語提供一種感受或體驗。
<small>说　　　　于　语为宾语　　　种　　　体验</small>

Note: sth or sb provides a substantial experience to sb.

說明：「～が～に～を与える」、「～が～に～をもたらす」。

例句：

（1）父母親的愛與關懷能帶給小朋友安全感。
<small>亲　爱与关怀　带给</small>

（2）《詭祭》這部臺荷合作的電影，拍攝手法獨特，帶給我們全新的視覺藝術體驗。
<small>诡　这台　　　　电影　摄　独特　带给们　　　视觉艺术体验</small>

造句：

（1） _____。

（2） _____。

2. Clause，Subj. + 更 + V. phr.。

說明：表示提到的兩種情況之間的不同程度。後面帶有「更」的情況子句，
比起前面的情況子句，具有較高或大的程度。

Note: '更' means 'even more so' in English, to express a different degree
between the two situations mentioned. The situation following '更' has a
greater degree than the previous one.

説明：「更」は、二つの状況を取り上げ、それらの程度の違いを表
す。前に示された状況より、「更」が置かれた後に述べられる
状況のほうが程度が大きい。

例句：

（1）AZ疫苗發明者吉爾伯特（Sarah Gilbert）教授警告，新冠肺炎疫情
之後，還會有下一場全球大流行病發生，而且帶來的衝擊將更嚴
峻。

（2）上週的大地震造成東部地區大停電，不但有多棟房子倒塌，更有
100多人在倒塌意外中不幸喪生。

造句：

（1）_____。

（2）_____。

3. 受 + （sb. / sth.） + V.

　　說明：「受」為一個主動詞，用於正向方面時，表示「獲得」或「接受」，
　　　　　反之，則表示「遭受」、「經歷」。

　　Note: '受' is an active verb itself, meaning 'to obtain' or 'to receive' when
　　　　　dealing with positive aspects, or 'to suffer' when dealing with negative
　　　　　aspects.

　　説明：「受」は、能動態であり、肯定的な側面を扱う場合は「取得す
　　　　　る」または「受け取る」、否定的な側面を扱う場合は「苦し
　　　　　む」を意味する。

　　例句：

（1）這本商務華語的書一年內已經賣出 500 本，可見書的品質受肯定的
　　　程度相當高。

（2）線上[12]課程的畫面和聲音斷斷續續的，應該是受網路[13]訊號不穩影響
　　　所致。

　　造句：

（1）＿＿＿＿＿＿＿＿＿＿＿＿＿＿＿＿＿＿＿＿＿＿＿＿＿＿＿＿。

（2）＿＿＿＿＿＿＿＿＿＿＿＿＿＿＿＿＿＿＿＿＿＿＿＿＿＿＿＿。

---

[12] 大陸用語：在线
[13] 大陸用語：网络

4. Clause，比 N. + Adj.，也比 N. + Adj.。

説明：本句型用於比較三件事情。

Note: This pattern is used to compare three things.

説明：3つの事柄を比較するときに用いられる文型である。

例句：

（1）這款筆電的尺寸，只有 A4 紙的大小，比 A 牌的筆電好攜帶，也比 B 牌的筆電重量更輕。

（2）智慧型手機會依價位區分為「旗艦機」、「中高階機」和「入門機」，而旗艦機的研發成本高，功能多，比「中高階機」和「入門機」的記憶體[14] 容量大，也比這兩個機種上傳及下載的速度快。

造句：

（1）_____。

（2）_____。

---

[14] 　大陸用語：内存

5. 簡單來說，Subj. + V.。

說明：「簡單來說」置於句首，為說話者簡單總結自己的觀點。

Note: '簡單來說' is 'in short' in English, and is placed at the beginning of a sentence. It is followed by the summary of a speaker's viewpoint.

說明：「簡單來說」は、文のはじめに置かれ、「簡単に言えば」、「短く言うと」といったように、話し手が自分の見方をまとめて述べるときに用いられる。

例句：

（1）簡單來說，網購就是利用網路訂購商品或享受自己需要的服務。

（2）簡單來說，人工智能就是能模仿人類執行任務的系統或機器。

造句：

（1）＿＿＿＿＿＿＿＿＿＿＿＿＿＿＿＿＿＿＿＿＿＿＿。

（2）＿＿＿＿＿＿＿＿＿＿＿＿＿＿＿＿＿＿＿＿＿＿＿。

6. **如 + N. 般的 + N.**

說明：「如……般的」相當於「像……的」。

Note: … is just like….

說明：「～のように」、「～のような」。

例句：

（1）粉絲用如雷鳴般的掌聲迎接奧運選手回國。

（2）小嬰兒用如陽光般溫暖的笑容，融化了父母的心。

造句：

（1）_____。

（2）_____。

7. 總^总而言之，Subj. + V.。

說^说明：「總^总而言之，Subj. + V.」用於^于結尾的地方，作為總^总結^结前面所說^说的
事情。

Note: '總^总而言之，Subj. + V.' means 'all in all' in English.This formal
expression concludes what is said earlier.

說明：「總^总而言之，Subj. + V.」は、「総じて言うと」、「要するに」、「つまり」の意味にあたる。フォーマルな場面で話をまとめるときに用いられる。

例句：

（1）總^总而言之，這^这次的提案沒^没過^过就是了。

（2）總^总而言之，他不管現^现在全球疫情嚴^严峻性，執^执意要出國^国。

造句：

（1）_____。

（2）_____。

8. 鑒於 + N.，S.。

說明：「鑒於」後面接名詞短語，表示以某種情況為前提來考慮，經常用於書面語或較正式的情境。

Note: '鑒於' means 'in light of, in view of, seeing that…' in English. It precedes a noun phrase as a precondition for the following sentence.

説明：「鑒於」の後に付く名詞フレーズには、ある状況を前提とした検討が示される。通常、書きことばやフォーマルな状況で用いられる。

例句：

（1）鑒於顧客的滿意度一直無法提高，部門經理決定在下週召開檢討會議。

（2）鑒於近幾天街上發生多起搶劫案，警察決定加強夜間巡邏，保護社區[15]安全。

造句：

（1）＿＿＿＿＿＿＿＿＿＿＿＿＿＿＿＿＿＿＿＿＿＿＿。

（2）＿＿＿＿＿＿＿＿＿＿＿＿＿＿＿＿＿＿＿＿＿＿＿。

---

[15] 大陸用語：小区

四、牛刀小試

（一）聽力理解 ▶▶ MP3-15

說明：在這個部分，你會聽到一句話和（A）（B）（C）三個選項，
請從選項中找出一個合適的回應來完成對話。

1. （　）（A）相信將帶給你們全新的難受！

（B）相信將帶給你們全新的感受！

（C）相信將帶給你們全新的戚受！

2. （　）（A）在上課之餘，也能隨時享受如電影院般的觀賞品
質。

（B）在工作之餘，也能隨時享受如理髮院般的觀賞品
質。

（C）在工作之餘，也能隨時享受如電影院般的觀賞品
質。

（二）詞語填空

說明：請把框框內的詞彙填入適當的句子中。

畫素　導覽　考慮　快捷鍵

---

1. 班傑明：歡迎歡迎，這邊有產品體驗區，讓我為您做產品

_____吧！請問王主任想了解產品哪方面的功

能呢？

2. 班傑明：NT2023 的相機是 800 萬_____，相較於上一代

有很大的突破，內建的相片編輯軟體能立即做相片修

改及上傳，請王主任試拍一張吧！（喀擦！）

3. 班傑明：拍完照後，只要按下_____，就能立即上傳

Facebook 或 Twitter。

4. 廠商：的確不錯，我會_____看看。謝謝你！

（三）情境對話

說明：在這個部分，請根據對話內容，分別從以下四個選項中選擇
最合適的回應來完成對話。

ㄅ. 聽起來不錯！好的，我試試看。

ㄆ. 歡迎歡迎，這邊有產品體驗區，讓我為您做產品導覽吧！

ㄇ. 對的！感謝您的提問，但這並不是 NT2023 全部的功能。

ㄈ. 而且，消費者滿意度更高達 75%，可見晶碩平板電腦受寵愛
的程度。

---

1. A：簡單來說，NT2023 是主打商業用途的平板電腦嗎？

   B：＿＿＿＿＿＿＿＿＿＿＿＿＿＿＿＿＿＿＿＿＿＿＿。

2. A：NT2023 的相機是 800 萬畫素，相較於上一代有很大的突破，
   內建的相片編輯軟體能立即做相片修改及上傳，請王主任試
   拍一張吧！

   B：＿＿＿＿＿＿＿＿＿＿＿＿＿＿＿＿＿＿＿＿＿＿＿。

3. A：你好，我是昱隆企業的主任——王維忠，我對 貴公司的產
   品很有興趣，想多了解一些。

   B：＿＿＿＿＿＿＿＿＿＿＿＿＿＿＿＿＿＿＿＿＿＿＿。

4. A：在上一代產品 NT2022 推出後，晶碩平板電腦的使用人數在全球已超過 5000 萬，是目前市場占有率最高的品牌之一。

B：_____。

（四）閱讀測驗

說明：請閱讀以下短文，並回答問題。

　　當我們對不同國家的社會文化和用語的了解不夠深入時，常常會有外國人表達方式比華人直接的迷思。其實，不管是華人或外國人，在拒絕他人的時候，都會用委婉語來表示。例如：「我會再考慮看看。」，或是「再讓我想一想。」這對於華人來說，大多時候是表示「不要」，而非「真的會考慮看看」，而在國外也有相同的例子。例如，如果不想買銷售員推銷的產品時，外國人就會委婉地說：「I'll think about it.」表示拒絕。雖然不可否認，東西方文化存在的差異並不小，也左右著人們的思想和行為，但是從上述例子可知，使用委婉語修飾可能會讓他人感覺不舒服的語言，以禮貌性的回應拒絕對方，可以說是人類的共同特性。

1.（　）下列哪句話**並非**表示委婉的拒絕？

（A）我不要。

（B）再讓我想一想。

（C）我會考慮看看。

2. （　　）　下方引號內的詞意何者具有「再一次」的意思？

（A）我會「在」考慮看看。

（B）我會「再」考慮看看。

（C）我會「冉」考慮看看。

（五）短文寫作

說明：請依以下提示，寫一篇約 150 字的短文。

請依照本課文內容，設計一張向顧客發表公司新產品的海報。

題目：

作文：

五、學以致用

隨著科技的進步，現在越來越多人使用Facebook（臉書）或是Twitter（推特），這些社交網站不僅可以記錄生活中的事物，很多公司行號更會透過這些網站來達到行銷宣傳的手法。以下這些詞語都是臉書常出現的，你知道是什麼意思嗎？

（讚、打卡、粉絲）

六、文化錦囊

　　「族」這個字可以指有共同屬性的類群,而課文中所提及的「上班族」指一群按時上下班的人。近年來,報章雜誌往往會將「族」這個詞前面加上一個名稱,來給予這個單字賦予一個特定種族的新名詞。例如:草莓族、頂客族、低頭族以及銀髮族。你知道這些特定種族的新名詞代表著哪些意思嗎?

四、牛刀小試

（一）聽力理解

1.各位午安，歡迎蒞臨NT2023產品發表會，我是晶碩代表——陳虹仁，以下我為你們介紹本公司的新產品。

2.在硬體上，我們也加強了畫面的飽和度，讓您擁有高畫質的螢幕。

參考答案：1.（B）　2.（C）

（二）詞語填空

參考答案：1.導覽　2.畫素　3.快捷鍵　4.考慮

（三）情境對話

1.ㄇ.對的！感謝您的提問，但這並不是NT2023全部的功能。

2.ㄅ.聽起來不錯！好的，我試試看。

3.ㄆ.歡迎歡迎，這邊有產品體驗區，讓我為您做產品導覽吧！

4.ㄈ.而且，消費者滿意度更高達75%，可見晶碩平板電腦受寵愛的程度。

（四）閱讀測驗

參考答案：1.（A）　2.（B）

交易談^談判[1]（一）

一、情境會話

情境一　▶▶ MP3-16

商品發表會上，陳經理跟吳經理忙著接待客戶，此時東方紅企業的代表前來❷服務處。

會話一

高先生：你好，敝姓❸高，隸屬❹東方紅企業，我們想購買　貴公司NT2023的平板電腦，可以讓我們知道產品的開價❺嗎？

班傑明：（拿出報價單❻）這是我們的報價單，請您過目❼。我們目前提供的平板電腦有三種規格❽及黑、白、咖啡、藍、粉和綠六種顏色讓您選擇。

高先生：請問大量採購❾有折扣嗎？

班傑明：有，購買數量達500臺以上，可以打85折。

高先生：我想訂700臺，折扣可以再低一點吧！

班傑明：很抱歉，這樣的折扣是底限❿了。

高先生：別家公司也有類似⓫的產品，但價錢比較低。而且，我們預算有限……。

班傑明：我們產品的品質¹好，價錢實在⑫，幾乎是沒什麼利潤⑬了。
　　　　您可以跟別家比較比較。

高先生：我還是覺得你們開的價錢高了一點，我再考慮考慮好了。

情境二　　　　　　　　　　　　　　　　　　▶▶ MP3-17

　　　　商品發表會上，奇碁公司體驗過晶碩公司的NT2023後，決定大量
訂購，雙方因而₂展開⑭了交易談判。

會話二

郭先生：您好，我是奇碁公司的郭詠春，這是我的名片。本公司想大
　　　　批訂購　貴公司的NT2023，不知報價是多少？

陳經理：NT2023有16G、32G、64G三種規格，價格分別為一萬八仟
　　　　元、兩萬四仟元、三萬元。顏色有六種：神祕⑮黑、純粹
　　　　白、咖啡棕、水漾⑯藍、甜蜜粉和率真⑰綠。

郭先生：嗯，我覺得神祕黑32G是不錯的選擇。請問大量採購是否₃有
　　　　優惠？

陳經理：當然！如果購買數量達20臺以上，打95折。

---

¹　大陸用語：质量

郭先生：這樣的折扣令人失望！前年我們買了50臺　貴公司的
NT2021，當時也有八折的優惠。現在景氣⑱不好，只打95
折，太小氣⑲了吧！

陳經理：郭先生，您別激動⑳！因為這一代在各方面都大幅升級㉑，
所以成本㉒也相對㉓提高，再加上₄目前全球物價持續飆漲㉔，
這樣的折扣只是合理地反映㉕成本。

郭先生：那我再加訂50臺，湊㉖100臺，如此捧場㉗，價格應該能再低
吧？

陳經理：（拍桌）好！看在老顧客的長期支持，85折，這是底限。希
望您開心接受？

郭先生：嗯，很不錯！但這個價格需包含運費㉘。

二、生詞

正體字　詞性　漢語拼音　英譯　日譯

❶ 談判 v. tánpàn to negotiate　交渉する

例句 ▶▶ 這家小型公司將要被大型企業收購，雙方針對公司合併後的各種條件展開談判。

❷ 前來 v. qiánlái to come (formal)　（フォーマルな表現）来る

例句 ▶▶ 謝謝各位前來參加今天的商品發表會。

❸ 敝姓 phr. bìxìng my humble surname (polite usage)　（謙讓語）～と申します

例句 ▶▶ 敝姓陳，很高興為您服務。

❹ 隸屬 v. lìshǔ to be affiliated with; to be subordinate to　管轄に属する、所属する

例句 ▶▶ 衛生所是隸屬於衛生局的國家單位。

❺ 開價 n. kāijià initial price　提示価格

例句 ▶▶ 這輛跑車的開價實在是太不合理了，難怪沒人願意買。

❻ 報價單 n. bàojiàdān quotation (of merchandise)　見積書

例句 ▶▶ 明天早上請把新的電腦報價單交給經理。

⑦ 過目　**v.**　**guòmù**　to look over　目を通す

例句 ▶▶ 這是本年度的財務報表，請總經理過目。

⑧ 規格　**n.**　**guīgé**　specification　規格

例句 ▶▶ 您可以在網站上查詢我們公司所有的產品規格。

⑨ 採購　**v.**　**cǎigòu**　to purchase　仕入れる

例句 ▶▶ 每年過年前一個禮拜，媽媽都會去大賣場採購年貨。

⑩ 底限　**n.**　**dǐxiàn**　bottom line　最低ライン

例句 ▶▶ 這個條件已經是底限，沒有其他改變的可能了。

⑪ 類似　**adj.**　**lèisì**　similar　類似する、似通っている、類同である

例句 ▶▶ 單簧管和雙簧管是兩種很類似的管樂器。

⑫ 實在　**adj.**　**shízài**　reasonable (for describing a fair price or a good and honest person)　（値段が）適正である

例句 ▶▶ 這家餐廳的食物好吃，價格又實在，每到假日總是訂不到位子。

⑬ 利潤　**n.**　**lìrùn**　profit　利益

例句 ▶▶ 由於成本太高，這項產品的利潤很薄。

⑭ 展開　**v.**　**zhǎnkāi**　to unfold, to launch into　展開する

例句 ▶▶ 總統大選即將到來，各個候選人都積極展開競選活動。

⑮ 神祕　**adj.**　**shénmì**　mysterious　神秘的

例句 ▶▶ 他是一個很神祕的人，大家都對他不熟悉。

⑯ 水漾　**adj.**　**shuǐyàng**　undulating　水や波のような

例句 ▶▶ 這座湖邊有一片森林，因為充滿霧氣與水氣被命名為**水漾**森林。

⑰ 率真　**adj.**　**shuàizhēn**　frank　率直、はっきりとした

例句 ▶▶ 班長**率真**的個性吸引了不少欣賞她的男生。

⑱ 景氣　**n.**　**jǐngqì**　prosperity (of economy or business)　景気

例句 ▶▶ 現在的**景氣**不好，許多中小型企業都面臨倒閉危機。

⑲ 小氣　**adj.**　**xiǎoqì**　stingy, mean　けち

例句 ▶▶ 老闆是一個很**小氣**的人，對所有員工都很不大方。

⑳ 激動　**v.**　**jīdòng**　to get excited　興奮する

例句 ▶▶ 告訴你一個好消息，但你別**激動**啊！

㉑ 升級　**v.**　**shēngjí**　to upgrade　アップグレードする

例句 ▶▶ 蘋果公司今年**升級**了新手機的相機軟體[2]。

㉒ 成本　**n.**　**chéngběn**　cost　コスト

例句 ▶▶ 生產 A 商品的**成本**太高，因此公司評估後決定生產 B 商品。

㉓ 相對　**adv.**　**xiāngduì**　relatively　相対的に

例句 ▶▶ 這份新工作比起上一份工作**相對**來講輕鬆多了。

㉔ 飆漲　**v.**　**biāozhǎng**　to soar (in price)　高騰する

例句 ▶▶ 在新冠肺炎的疫情影響下，間接帶動了科技股的股價**飆漲**。

---

[2]　大陸用語：软件

㉕ 反映　**v.** **fǎnyìng**　to reflect　反映する

　▶▶ 從一個人的談吐可以**反映**出他的品德好壞。

㉖ 湊　**v.** **còu**　to gather together　集める、集まる

　▶▶ 我們必須要**湊**到六個人才能組隊參加比賽。

㉗ 捧場　**v.** **pěngchǎng**　to support, to root for　サポートする

　▶▶ 我昨天去朋友新開的早餐店**捧場**，還外帶了兩個三明治。

㉘ 運費　**n.** **yùnfèi**　delivery fee　送料

　▶▶ 這家網路³商店只要購買超過 3000 元以上的商品，就可以免**運費**。

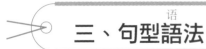

三、句型語法

1. N1 + 隸屬 + N2

說明：N1 屬於 N2，受 N2 的管控。

Note: '隸屬' means 'be affiliated with / to', preposition 'yú' usually precedes N2.

説明：N1はN2の管轄に属する。

例句：

（1）這間房子隸屬於地方政府。

（2）這座圖書館隸屬於中央政府。

造句：

（1）＿＿＿＿＿＿＿＿＿＿＿＿＿＿＿＿＿＿＿＿＿＿＿。

（2）＿＿＿＿＿＿＿＿＿＿＿＿＿＿＿＿＿＿＿＿＿＿＿。

2. Subj.1 ＋ V1，Subj.2 ＋ 因而 ＋ V2。

說明：「因而」之後的子句是因前面的情況而產生的結果。

Note: Things happen after '因而' is the result from the previous clause.

說明：「因而」の後に置かれた状況は、それより前の文で説明された
　　　結果を表す。

例句：

（1）針對聘用人員標準的意見相左，大家因而有了激烈的討論。

（2）臺灣今年的降雨量明顯減少，導致各地缺水，政府因而實施限水措
　　　施。

造句：

（1）＿＿＿＿＿＿＿＿＿＿＿＿＿＿＿＿＿＿＿＿＿＿＿＿＿＿＿＿。

（2）＿＿＿＿＿＿＿＿＿＿＿＿＿＿＿＿＿＿＿＿＿＿＿＿＿＿＿＿。

3. Subj. + 是否 + V. phr. ?

說明：「是否」為「是不是」的書面語用法，接在主語的後面。

Note: '是否' is a formal and written version of '是不是'. It is placed after subject.

説明：「是否」は「是不是」のフォーマルな表現で書きことばに用いられる。

例句：

（1）這次提案是否可行？

（2）這支新款的手機是否有防水功能？

造句：

（1）_____。

（2）_____。

4. Clause1，**再加上** + clause2。

說明：「再加上」用在連接補充的原因或說明，來支持某個論點。

Note: '再加上' means 'in addition to'; 'moreover'; 'plus'. It is used to link another statement to support an argument.

説明：「再加上」は、原因や説明を補足し、論点を支えることに用いられる。「～に加えて」、「さらに」。

例句：

（1）因應轉職潮到來，再加上景氣回溫效應，有八成三的受訪企業在本季有徵才計畫。

（2）產業界看好今年景氣回溫，再加上企業併購法已經加快修法，國內外併購案可望有突破性的發展。

造句：

（1）＿＿＿＿＿＿＿＿＿＿＿＿＿＿＿＿＿＿＿＿＿＿＿＿＿＿＿。

（2）＿＿＿＿＿＿＿＿＿＿＿＿＿＿＿＿＿＿＿＿＿＿＿＿＿＿＿。

四、牛刀小試

（一）聽力理解

▶▶ MP3-18

說明：在這個部分，你會聽到一句話和（A）（B）（C）三個選項，請從選項中找出一個合適的回應來完成對話。

1. （ ）　（A）好！看在老顧客的長期支持，85 折，這是期限。
希望您開心接受？

（B）好！看在老顧客的長期支持，85 折，這是底限。
希望您開心接受？

（C）好！看在老顧客的長期支持，85 折，這是受限。
希望您開心接受？

2. （ ）　（A）有，購買數量達 20 臺以上，可以打 95 折。

（B）有，購買數量達 20 張以上，可以打 95 折。

（C）購買數量達 20 顆以上，可以打 95 折。

外國人必學商務華語（上）

132

（二）詞語填空

說明：請把框框內的詞彙填入適當的句子中。

開價	隸屬	升級	敝姓	類似

1. 你好，_____高，_____東方紅企業，我們有意願購買 貴公司的 NT2023，想了解開價如何？

2. 別家公司也有_____的產品，但價格比較低。您開的價格，我買不下手。

3. 我們的公司不僅電腦_____合理，還可以免費_____。

（三）情境對話

說明：在這個部分，請根據對話內容，分別從以下四個選項中選擇
最合適的回應來完成對話。

ㄅ.這是我們的報價單，請您過目。您可以看到，我們有三種規
格及六種顏色供您選擇。

ㄆ.嗯，我認為神祕黑 32G 是不錯的選擇。請問大量採購是否有
優惠？

ㄇ.我了解，大家共體時艱。要不這樣好了！我回去跟主管商量
看看，再回覆您。

ㄈ. 這樣的折扣令人失望！前年我們買了50臺　貴公司的
NT2021，當時也有八折的優惠。

1. A：您別激動！因為這一代在各方面都大幅升級，所以成本也相
對提高。

　B：＿＿＿＿＿＿＿＿＿＿＿＿＿＿＿＿＿＿＿＿＿＿。

2. A：NT2023有16G、32G、64G三種規格，價格分別為18,000元、
24,000元、30,000元。顏色有六種，神祕黑、純粹白、咖啡
棕、水漾藍、甜蜜粉和率真綠。您的喜好為何？

　B：＿＿＿＿＿＿＿＿＿＿＿＿＿＿＿＿＿＿＿＿＿＿。

3. A：當然！如果購買數量達20臺以上，打95折。

　B：＿＿＿＿＿＿＿＿＿＿＿＿＿＿＿＿＿＿＿＿＿＿。

4. A：你好，敝姓高，隸屬東方紅企業，我們有意願購買　貴公司
的NT2023，想了解開價如何？

　B：＿＿＿＿＿＿＿＿＿＿＿＿＿＿＿＿＿＿＿＿＿＿。

說明：請閱讀以下短文，並回答問題。

報價單

國立臺中教育大學台照　　　　　　　　中華民國 111 年 6 月 30 日

品名	規格	數量	單價	金額	備考
NS2012	32G	50	24,000	1,200,000	

總額新臺幣壹百貳拾萬元整

報價廠商名稱：奇碁公司

負責人姓名：郭詠春

營利事業統一編號：12345678

廠商電話：（04）272-5888

說明事項：

（一）採購名稱：NS2012

（二）採購單位：國立臺中教育大學語文教育學系

（三）學校統一編號：52990030

（四）聯絡人：徐忠一先生

（五）連絡電話：（04）2975769

（六）交貨期限：111 年 9 月 30 日前

（七）報價期限：111 年 8 月 30 日前

（八）報價傳真電話：（04）2975768

（九）報價 e-mail：ntcu123@gm.ntcu.edu.tw

（十）報價單送達或寄達地點：臺中市西區民生路 140 號

（十一）得報價廠商資格：

（十二）廠商報價得以網路、傳真、送達或寄達指定地點任一方
式為之。

1. （　）商品交貨期限是幾月幾號？

（A）111 年 7 月 30 日

（B）111 年 8 月 30 日

（C）111 年 9 月 30 日

2. （　）學校一共訂購了多少臺 NS2012 ？

（A）40　（B）50　（C）60

3. （　）本案負責採購的徐忠一先生要報帳的話，收據上的統一
編號必須填寫以下哪個號碼才正確？

（A）52990030

（B）12345678

（C）寫學校的抬頭即可，不用號碼。

（五）短文寫作

說明：請依以下提示，寫一篇約 150 字的短文。

請參考本課介紹商品的方式，試著描述模擬購買手機的過程。

題目：

作文：

五、學以致用

<ruby>練<rt>练</rt></ruby><ruby>習<rt>习</rt></ruby><ruby>寫<rt>写</rt></ruby><ruby>報<rt>报</rt></ruby><ruby>價<rt>价</rt></ruby><ruby>單<rt>单</rt></ruby>

<ruby>東<rt>东</rt></ruby><ruby>方<rt></rt></ruby><ruby>紅<rt>红</rt></ruby><ruby>企<rt></rt></ruby><ruby>業<rt>业</rt></ruby> <ruby>報<rt>报</rt></ruby><ruby>價<rt>价</rt></ruby><ruby>單<rt>单</rt></ruby>

公司名<ruby>稱<rt>称</rt></ruby>：　　　　聯<ruby>絡<rt>络</rt></ruby>人：　　　　　　分<ruby>機<rt>机</rt></ruby>：

公司地址：

公司<ruby>電<rt>电</rt></ruby><ruby>話<rt>话</rt></ruby>：　　　　<ruby>行<rt></rt></ruby><ruby>動<rt>动</rt></ruby><ruby>電<rt>电</rt></ruby><ruby>話<rt>话</rt></ruby>[4]：

公司<ruby>傳<rt>传</rt></ruby>真：

<ruby>統<rt>统</rt></ruby>一<ruby>編<rt>编</rt></ruby><ruby>號<rt>号</rt></ruby>：

寄送方式：

<ruby>詢<rt>询</rt></ruby><ruby>價<rt>价</rt></ruby>日期：

<ruby>項<rt>项</rt></ruby>次	<ruby>製<rt>制</rt></ruby><ruby>作<rt></rt></ruby><ruby>項<rt>项</rt></ruby>目	<ruby>數<rt>数</rt></ruby>量	<ruby>單<rt></rt></ruby><ruby>價<rt>价</rt></ruby>	小<ruby>計<rt>计</rt></ruby>
1				
2				
3				

---

[4]　大陸用語：移动电话

4

5

6

7

8

<ruby>運費<rt>运 费</rt></ruby>

（<ruby>請自備<rt>请 备</rt></ruby>可印刷美工<ruby>電子檔<rt>电 档</rt></ruby>，以上<ruby>報價<rt>报 价</rt></ruby>均未含5%稅金）

<ruby>備註<rt>备</rt></ruby>

※本估<ruby>價單<rt>价 单</rt></ruby>有效期限五日

※如蒙<ruby>惠顧<rt>顾</rt></ruby>，<ruby>請於<rt>请 于</rt></ruby>下方<ruby>確認簽<rt>确 认 签</rt></ruby>名，<ruby>傳真回傳<rt>传 真 传</rt></ruby>，<ruby>謝謝<rt>谢 谢</rt></ruby>！

※<ruby>滿<rt>满</rt></ruby>三千元，先付清<ruby>貨<rt>货</rt></ruby>款，可享免<ruby>運費<rt>运 费</rt></ruby>寄送<ruby>服務<rt>务</rt></ruby>。

※<ruby>匯<rt>汇</rt></ruby>款資訊[5]：

<ruby>戶<rt>户</rt></ruby>名：

<ruby>虛擬帳號於檔案確認後發<rt>虚 拟 账 号 于 档 确 认 后 发</rt></ruby>送告知。

---

[5]　大陸用語：信息

※線上下單享有全省免費保密代寄服務。

合計

5%營業稅

總金額

預計交貨日 （檔案確認後，　　　　個工作天。）

顧客簽名蓋章：

估價承辦人：

六、文化錦囊

在臺灣經常看到很多賣場標示「全館八折」，而在國外打八折的表示方式會用「20% off」。

在百貨公司也會經常看到「買二送一」、「滿千送百」的優惠標示，你知道這些詞語代表的意思嗎？

四、牛刀小^試

（一）聽力理解

1. 那我再加訂50臺，湊100臺，如此捧場，價格應該能再低吧？

2. 請問大量採購這個品牌的平板電腦有打折嗎？

參考答案：1.（B）　2.（A）

（二）詞語填空

參考答案：1. 敝姓，隸屬　2. 類似　3. 開價，升級

（三）情境對話

1. ㄇ. 我了解，大家共體時艱。要不這樣好了！我回去跟主管商量看看，再回覆您。

2. ㄆ. 嗯，我認為神祕黑32G是不錯的選擇。請問大量採購是否有優惠？

3. ㄈ. 這樣的折扣令人失望！前年我們買了50臺　貴公司的NT2021，當時也有八折的優惠。

4. ㄅ. 這是我們的報價單，請您過目。您可以看到，我們有三種規格及六種顏色供您選擇。

（四）閱讀測驗

參考答案：1.（C）　2.（B）　3.（A）

memo

交易談判（二）
談

一、情境會話

<ruby>会话<rt>会话</rt></ruby>

情境一
▶▶ MP3-19

商品<ruby>發表會<rt>发 会</rt></ruby>上，奇碁公司的代表——郭<ruby>詠春<rt>咏</rt></ruby>向晶<ruby>碩<rt>硕</rt></ruby>公司大量<ruby>訂購<rt>订购</rt></ruby>NT2023，<ruby>雙方<rt>双</rt></ruby>❶完成<ruby>談<rt>谈</rt></ruby>判<ruby>後<rt>后</rt></ruby>，<u>緊<ruby>接著<rt>着</rt></u></ruby>₁<ruby>討論<rt>讨论</rt></ruby><ruby>簽約<rt>签约</rt></ruby>❷以及<ruby>交<rt></rt></ruby>❸<ruby>貨<rt>货</rt></ruby><ruby>時程<rt>时</rt></ruby>❹。

會話一

陳<ruby>經<rt>经</rt></ruby>理：郭先生，<ruby>請<rt>请</rt></ruby>您看看<ruby>這<rt>这</rt></ruby>次我<ruby>們<rt>们</rt></ruby>合<ruby>約<rt>约</rt></ruby>的<ruby>草案<rt>草案</rt></ruby>❺，如果有<ruby>問題<rt>问题</rt></ruby>或是
不清楚的地方<ruby>請<rt>请</rt></ruby>告<ruby>訴<rt>诉</rt></ruby>我，我再<ruby>修正<rt></rt></ruby>❻。

郭先生：<ruby>這<rt>这</rt></ruby>份合<ruby>約<rt>约</rt></ruby>上面的<ruby>條款<rt>条款</rt></ruby>❼都<ruby>寫<rt>写</rt></ruby>得很清楚，但我想要再<ruby>補充<rt>补</rt></ruby>❽一
<ruby>點<rt>点</rt></ruby>。陳<ruby>經<rt>经</rt></ruby>理，新的<ruby>這<rt>这</rt></ruby>批NT2023，可以像上次一<ruby>樣<rt>样</rt></ruby><ruby>提前<rt></rt></ruby>❾半<ruby>個<rt>个</rt></ruby>
月交<ruby>貨嗎<rt>货吗</rt></ruby>？

陳<ruby>經<rt>经</rt></ruby>理：郭先生，<u><ruby>由於<rt>于</rt></ruby></u>₂本公司<ruby>現<rt>现</rt></ruby>在<ruby>訂單<rt>订单</rt></ruby>太多，<ruby>生產線<rt>产 线</rt></ruby>❿目前都已<ruby>經滿<rt>经满</rt></ruby>
了。<u>如果</u>₃要<ruby>比照<rt></rt></ruby>⓫上次提前半<ruby>個<rt>个</rt></ruby><ruby>貨<rt>货</rt></ruby>，可能有些<ruby>難<rt>难</rt></ruby>！我
得先<ruby>詢問<rt>询问</rt></ruby>公司的王<ruby>廠長<rt>厂长</rt></ruby>。

郭先生：<u><ruby>麻煩<rt>烦</rt></ruby>您了！</u>₄

（陳<ruby>經<rt>经</rt></ruby>理打<ruby>電話給<rt>电话给</rt></ruby>王<ruby>廠長詢問後<rt>厂长询问后</rt></ruby>……）

陳經理：沒問題！王廠長將全力⑫配合老客戶的需求，把交貨日期提前到6月30號。因為這次訂購的數量大，所以訂金⑬的部分要麻煩您先付總金額⑭的一半，剩下的⑮等貨到再付款⑯。不知道您是否方便？

郭先生：這次的金額較大，可以分期付款⑰嗎？

陳經理：訂金的部分無法⑱讓您分期付款，因為要提早⑲交貨，所以我們必須加開⑳生產線。至於後面的尾款㉑，我需要與公司進一步商討㉒。

情境二

▶ MP3-20

奇碁公司代表──郭詠春即將與晶碩公司簽訂新合約。

會話二

陳經理：郭先生，請看這份修改的正式合約。上面說明交貨日期將提前一個月，付款方式和日期也都註明清楚了。您過目後，如果沒問題，請在這兒簽字㉓就可以了。

郭先生：好，是否能再給我一份英文版㉔的合約？

陳經理：沒問題！隨後我會請祕書送去給您。

郭先生：好！那就預祝₅㉕我們合作愉快！

陳經理：也祝福您工作順利！希望日後有更多的機會能為您服務。

正體字　詞性　漢語拼音　英譯　日譯

① 雙方　**n. shuāngfāng**　both sides　双方

例句 ▶▶ **雙方**都必須蓋章簽名，合約才會正式生效。

② 簽約　**v. qiānyuē**　to sign a contract or an agreement　契約を結ぶ

例句 ▶▶ 辦手機新門號的時候需要**簽約**。

③ 交　**v. jiāo**　to hand over　引き渡し

例句 ▶▶ 一手交錢，一手交貨，避免被騙。

④ 時程　**n. shíchéng**　schedule　予定

例句 ▶▶ 手續尚未完成，所以後面的**時程**得往後延期了！

⑤ 草案　**n. cǎoàn**　draft　草案

例句 ▶▶ 立法院許多的**草案**成立後，真正能通過的只有少數。

⑥ 修正　**v. xiūzhèng**　to modify　修正する

例句 ▶▶ 若有錯誤，必須加以**修正**，避免出大錯。

⑦ 條款　**n. tiáokuǎn**　provision　条項

例句 ▶▶ 依據此**條款**，你必須承擔百分之三十的責任。

⑧ 補充　v.　bǔchōng　to supplement, to add, to replenish　補足する、補充する

例句 ▶ 今天的會議到此結束，有什麼要補充說明的嗎？

⑨ 提前　adv.　tíqián　ahead of schedule　繰り上げる

例句 ▶ 為了幫家人慶祝生日，她提前預訂了高級餐廳，還買好了昂貴的禮物。

⑩ 生產線　n.　shēngchǎn xiàn　production line　生産ライン

例句 ▶ 目前工廠生產線的生產能力低下，必須盡速想辦法解決。

⑪ 比照　prep.　bǐzhào　according to　～にならう

例句 ▶ 這項條款適合我們這次的交易，比照辦理吧！

⑫ 全力　adv.　quánlì　with all one's might　全力を尽くして

例句 ▶ 因為一場意外導致臺北市大停電，目前電力公司的工作人員正在全力搶修中。

⑬ 訂金　n.　dìngjīn　deposit　頭金

例句 ▶ 如果要預訂旅行團的行程，請先付訂金。

⑭ 總金額　n.　zǒng jīné　total amount　総額

例句 ▶ 此次意外的賠償總金額高達 59 億新臺幣！

⑮ 剩下的　adj.　shèngxiàde　remaining　残りの

例句 ▶ 您購買的商品有一部分在這裡，剩下的商品等到貨後再寄給您。

⑯ 貨到付款　idiom　huò dào fùkuǎn　pay on arrival　着払い

例句 ▶ 因為沒辦法線上支付金額，所以我選擇貨到付款。

⑰ **分期付款** **n.** **fēnqí fùkuǎn** installment 分割払い

例句 ▶▶ 許^許多人買^买房子都選擇^{选择}**分期付款**，因為^为金額^额太高了！

⑱ **無法**^无 **adv.** **wúfǎ** unable 〜することができない

例句 ▶▶ 他因為^为工作太忙，所以**無法**^无好好陪伴家人。

⑲ **提早** **adv.** **tízǎo** doing in advance, be earlier than expected or planned （時期などを）早める

例句 ▶▶ 沒^没想到今天的會議^{会议}在中午就**提早**結^结束了，本來以為^{来 为}會開^{会 开}到下午。

⑳ **加開**^开 **v.** **jiākāi** to add 増やす

例句 ▶▶ 為^为了因應過^{应 过}年期間^间的返鄉^乡人潮，高鐵^铁特別^别**加開**^开班次讓^让民眾^众搭乘。

㉑ **尾款** **n.** **wěikuǎn** final payment 支払いが完了していない残りの金額

例句 ▶▶ 最後^后一批商品三天後^后到達^达，點^点收後請^{后 请}您將^将**尾款**匯^汇入這個帳戶^{这 个 账 户}。

㉒ **商討**^讨 **v.** **shāngtǎo** to discuss 協議する

例句 ▶▶ 金融海嘯後^{啸 后}，高層開會^{层 开 会}**商討**^讨是否關閉^{关 闭}公司。

㉓ **簽字**^签 **v.** **qiānzì** to sign your name 署名する

例句 ▶▶ 這對^{这 对}夫妻決^决定**簽字**^签離^离婚。

㉔ **版** **n.** **bǎn** version 版

例句 ▶▶ 此本教科書沒^{书 没}有英文**版**。

㉕ **預祝**^预 **phr.** **yù zhù** I wish... 〜となるよう祈る

例句 ▶▶ 謝謝^{谢 谢}你欣賞^赏本公司，讓我們預^{让 们 预}**祝**此次合作順^顺利！

1. Subj.，緊接著 + clause / V. phr.

說明：表示一件事或活動跟著另一個接續發生。

Note: This pattern expresses two events or activities happening one right after
another.

説明：ある物事が連続して起こることを表す。「次から次へと」。

例句：

（1）我只聽見「砰」的一聲，緊接著眼前就一片漆黑。

（2）這件事還沒處理完，緊接著另一件事又隨之而來，真的忙死了。

造句：

（1）＿＿＿＿＿＿＿＿＿＿＿＿＿＿＿＿＿＿＿＿＿＿＿＿＿＿＿。

（2）＿＿＿＿＿＿＿＿＿＿＿＿＿＿＿＿＿＿＿＿＿＿＿＿＿＿＿。

2. 由^于於 + clause1，clause2。

說明：「由於」表示原因，比「因為」更常用於書面。

Note: 'Yóuyú' means 'because'. It is usually used in written form.

説明：「由於」は原因を表し、多く書きことばに用いられる。「～なので」、「～のために」。

例句：

（1）由於中國經濟崛起，興起了一股華語學習熱潮。

（2）由於油電雙漲，造成物價上漲、通貨緊縮（deflation）。

造句：

（1）＿＿＿＿＿＿＿＿＿＿＿＿＿＿＿＿＿＿＿＿＿＿＿＿＿＿。

（2）＿＿＿＿＿＿＿＿＿＿＿＿＿＿＿＿＿＿＿＿＿＿＿＿＿＿。

3. 如果＋clause1，clause2。

說明：「如果」表示假設，後一小句是推斷出的結論或問題。

Note: 'Rúguǒ' means 'if'. The following clause is the consequence.

說明：「如果」は仮説を表し、後続する句では、推論の結果が示される。「もし〜なら、〜だろう」。

例句：

（1）如果新冠疫情持續惡化，就會衝擊到今年的經濟成長。

（2）醫生表示，如果再晚點發現，癌細胞可能就會擴散到血液中了。

造句：

（1）_____。

（2）_____。

4. 麻^烦煩您了！

說明：用^说來^来表示感謝^谢別^别人的協^协助或配合。

Note: It is similar to 'thanks for trouble' in English. It is an expression to show

your appreciation for others' cooperation.

説明：人からの協力等にして感謝の意を表す。「お手数おかけしま

す」、「お願いいたします」。

例句：

（1）跟老闆談^{板 谈}加薪的事，就麻煩您了^烦！

（2）有關訂單數量的確認^{关 订 单 数　　确 认}，就麻煩您了^烦！

造句：

（1）　　　　　　　　　　　　　　　　　　　　　　　　　　。

（2）　　　　　　　　　　　　　　　　　　　　　　　　　　。

5. 預祝 + clause。

說明：期望接著說的正面事件發生在特定對象身上。常用於交談或演講即將結束的時候。

Note: 'Yùzhù' means 'to offer best wishes for...'. It is usually used at the end of a conversation or a speech.

說明：話し合いや講演がまもなく終わりそうな時に、特定の人に対し、期待するよい事柄が生じるよう述べる。「～を祈る」。

例句：

（1）我預祝明天的活動圓滿成功。

（2）下禮拜就要過年了，先預祝各位新年快樂、萬事如意。

造句：

（1）_____。

（2）_____。

（一）聽力理解 ▶▶ MP3-21

說明：在這個部分，你會聽到一句話和（A）（B）（C）三個選項，
請從選項中找出一個合適的回應來完成對話。

1. （ ） （A）可以，不過要提早繳完。

（B）可以，不過要先繳尾款。

（C）可以，不過要預繳些錢。

2. （ ） （A）謝謝您，下一次也麻煩您了！

（B）謝謝您，總金額沒有問題！

（C）謝謝您，這可是比照許多大公司的規格呢！

3. （ ） （A）我會再與經理商討。

（B）我會將合約傳真給您。

（C）我仔細看過後再回覆給您。

（二）詞語填空

說明：請把框框內的詞彙填入適當的句子中。

商討　比照　預祝　修正　時程　簽約

1. 我們要進行交貨＿＿＿＿＿＿的討論。

2. 需要＿＿＿＿＿＿上次完成事項的時間嗎？

3. 我必須再與老闆＿＿＿＿＿＿您的建議事項。

4. ＿＿＿＿＿＿我們的合作順利愉快！

5. 這是合約內容，請看一下有什麼需要＿＿＿＿＿＿的嗎？

6. 希望我們＿＿＿＿＿＿過程一切順利。

（三）情境對話

說明：在這個部分，請根據對話內容，分別從以下四個選項中選擇最合適的回應來完成對話。

> ㄅ.沒有問題，我會以分期付款的方式付款。
>
> ㄆ.希望一切順利進行！
>
> ㄇ.了解，我會再與經理商談時間的問題，麻煩你們大力協助了。
>
> ㄈ.好的，付款的方式很重要，畢竟這次進貨量很大。

1. A：預祝我們簽約的時候順利愉快！

   B：＿＿＿＿＿＿＿＿＿＿＿＿＿＿＿＿＿＿＿＿＿＿。

2. A：今天要商談付款的方式，貨到付款或直接付款？

   B：＿＿＿＿＿＿＿＿＿＿＿＿＿＿＿＿＿＿＿＿＿＿。

3. A：如果比照上個月的生產線，這個月可能趕不上交貨時程！

   B：＿＿＿＿＿＿＿＿＿＿＿＿＿＿＿＿＿＿＿＿＿＿。

4. A：這是我算出來的總金額與您要付的尾款，請您過目。

   B：＿＿＿＿＿＿＿＿＿＿＿＿＿＿＿＿＿＿＿＿＿＿。

說明：請閱讀以下短文，並回答問題。

　　郭先生代表公司與晶碩公司談判，他成功地讓晶碩公司的生產線提前一個月將貨品完成並出貨。郭先生返回公司將合約的草案修正後終於鬆了一口氣，他忙了好幾個月的案子終於快要接近尾聲了！郭先生決定這禮拜週休假日要好好陪家人，過一個放鬆又舒適的假期。

1. （　　）郭先生到晶碩公司的目的是？

（A）完成出貨時間

（B）討論出貨時間

（C）修正出貨時間

2. （　　）郭先生忙了幾個月的案子終於＿＿＿＿＿＿＿？

（A）快結束了

（B）快完蛋了

（C）快開始了

3. （　　）這禮拜假日郭先生最有可能做什麼事？

（A）帶孩子去野餐

（B）在公司加班

（C）去晶碩公司談判

（五）短文寫作

．．

說明：請依以下提示，寫一篇約 150 字的短文。

你曾經代表公司談判過案子嗎？請寫出當下的心情。若沒有相
關經驗，則請自行假設可能的情況。

題目：

作文：

五、學^学以致用

談^谈判

　　談判不只用在法律上，就連^连商業^业上的往來^来也可以「談^谈判」。談^谈判非常正式，需要有人在一旁記錄^{记录}發^发生的每件事、每句話^话。必要的話^话，還^还需要許^许多人一起開會進^{开会进}行談^谈判。談^谈判的用語^语多半直接且嚴肅^{严肃}，千萬^万別^别用錯詞^{错词}而鬧^闹笑話^话了。

一個稱職的談判高手須注意以下幾點：

1. 有效的停頓：在談判的場合中，話說得越多，越容易被對方抓到問題。因此刻意的停頓，可以觀察出對方的反應與態度。

2. 適當的反應：當對方表示出無奈或是停頓時，給予簡單的反應，以鼓勵對方繼續發言。

3. 重複的話語：重複對方的話語，可以顯示出你的重視，而獲得更多的談判空間。

4. 運用專業的優勢：顯示出自己的專業優勢，能讓對方放心授權於你。

5. 確認對方的重點：事先了解對方所在意的面向。針對該面向進行深度的著墨，當談判的對方聽到了他最關切的議題時，更容易傾向接受你所提出的意見或看法。

六、文化錦囊

在全球化時代下的商業環境中，涉及國際商貿的談判與日俱增，如何進行有效的跨文化談判已經成為重要的議題。文化差異對跨國談判而言，是極其重要卻又繁瑣的因素。如果談判者以對待國內商務活動的方式和對待國內談判對手相同的邏輯和思維來處理跨文化商務談判中的問題，則容易會造成誤解，並難以取得圓滿成功。根據《全球談判：跨文化交易談判、爭端解決和決策制定》（Negotiating globally: how to negotiate deals, resolve disputes, and make decisions across cultural boundaries）的作者——珍妮‧布萊特（Jeanne M. Brett）的建議，跨文化商務談判要能成功，必須：

1. 要有更充分的準備

2. 正確對待文化差異

3. 避免溝通中的障礙和誤解

4. 制定靈活的談判戰略和策略

四、牛刀小試

（一）聽力理解

1. 我的預算不夠，可以分期付款嗎？

2. 這個發表會很棒，你們公司讓我們經理很滿意。

3. 我修正了條款的內容，請您過目。

參考答案：1.（C）　2.（C）　3.（C）

（二）詞語填空

參考答案：1. 時程　2. 比照　3. 商討　4. 預祝　5. 修正

　　　　　6. 簽約

（三）情境對話

1. ㄆ. 希望一切順利進行！

2. ㄈ. 好的，付款的方式很重要，畢竟這次進貨量很大。

3. ㄇ. 了解，我會再與經理商談時間的問題，麻煩你們大力協

　　助了。

4. ㄅ. 沒有問題，我會以分期付款的方式付款。

（四）閱讀測驗

參考答案：1.（B）　2.（A）　3.（A）

國家圖書館出版品預行編目資料

外國人必學商務華語（上）/ 國立臺中教育大學國際華語
文教材教法研究室團隊：服部明子、周靜琬、姚蘭、
張致芯、陳瑛琦、陳燕秋、趙鳳玫、歐秀慧、蔡喬育、
劉瑩編著
-- 初版 -- 臺北市：瑞蘭國際，2023.02
168 面；19 x 26 公分 --（語文館系列；04）
ISBN：978-626-7274-02-6（平裝）
1.CST：漢語 2.CST：讀本

802.86   111021767

語文館 04

外國人必學商務華語（上）

編著者｜國立臺中教育大學國際華語文教材教法研究室團隊：服部明子、周靜琬、姚蘭、張致芯、
　　　　陳瑛琦、陳燕秋、趙鳳玫、歐秀慧、蔡喬育（通訊作者）、劉瑩（依姓名筆劃順序）
責任編輯｜葉仲芸、王愿琦 ・ 特約英文審訂｜蔡佩庭
校對｜服部明子、周靜琬、姚蘭、張致芯、陳瑛琦、陳燕秋、趙鳳玫、歐秀慧、
　　　蔡喬育、劉瑩、葉仲芸、王愿琦

華語錄音｜施秚湘、蔡喬育、譚誠明（依姓名筆劃順序）
錄音室｜采漾錄音製作有限公司
封面設計｜劉麗雪
版型設計、內文排版｜陳如琪

瑞蘭國際出版

董事長｜張暖彗 ・ 社長兼總編輯｜王愿琦
編輯部
副總編輯｜葉仲芸 ・ 主編｜潘治婷
設計部主任｜陳如琪
業務部
經理｜楊米琪 ・ 主任｜林湲洵 ・ 組長｜張毓庭

出版社｜瑞蘭國際有限公司 ・ 地址｜台北市大安區安和路一段 104 號 7 樓之一
電話｜(02)2700-4625・ 傳真｜(02)2700-4622・ 訂購專線｜(02)2700-4625
劃撥帳號｜19914152 瑞蘭國際有限公司
瑞蘭國際網路書城｜www.genki-japan.com.tw

法律顧問｜海灣國際法律事務所　呂錦峯律師

總經銷｜聯合發行股份有限公司 ・ 電話｜(02)2917-8022、2917-8042
傳真｜(02)2915-6275、2915-7212・ 印刷｜科億印刷股份有限公司
出版日期｜2023 年 02 月初版 1 刷 ・ 定價｜450 元 ・ISBN｜978-626-7274-02-6